بھینس کی دُم

ایک دن زین گرو گوسو نے اپنے شاگردوں سے کہا۔

''ایک بھینس اُس کے آنگن کے باہر نکل گئی ہے جس میں وہ قید تھی۔

اُس نے آنگن کی دیوار توڑ دی، اُس کا پورا جسم دیوار سے باہر نکل گیا۔

سینگ، سر، پاؤں، دھڑ سب... لیکن دُم باہر نکل نہیں پا رہی ہے۔ دم کہیں اُلجھی بھی نہیں۔ نہ کسی نے دُم پکڑ رکھی ہے۔ پھر بھی دُم باہر کیوں نکل نہیں پا رہی ہے؟''

چیلے سوچ میں پڑ گئے۔ گوسو ہنسنے لگا۔

اُس نے کہا''جس نے سوچا اُس کی دُم بھی اُلجھی۔''

چیلے مزید سوچ میں پڑ گئے۔

پھر گوسو بولا''جس کی سمجھ میں نہ آئے وہ پیچھے مُڑ کر اپنی دم دیکھے۔''

■■

www.ingramcontent.com/pod-product-compliance
Lightning Source LLC
LaVergne TN
LVHW010759051026
849532LV00007B/2411
* 9 7 8 9 3 9 0 6 8 2 7 0 6 *

زین کہانیاں

تالیف و ترجمہ

سلام بن رزاق

عرشیہ پبلی کیشنز، دہلی

نام کتاب : زین کہانیاں

مترجم : سلام بن رزاق

اشاعتِ اول : 2020

کمپیوگرافی : کتاب دار کمپیوٹرز

پتہ (رہائش) : پربھو دیو بلڈنگ، فلیٹ نمبر: ۳۰۳، پلاٹ نمبر: ۲۵۱، سیکٹر-۱۹، اُلوے، نئی ممبئی-410206

موبائل : 09967 330204

پبلشر : عرشیہ پبلی کیشنز، دہلی۔

ZAIN KAHANIYAN
Translated By
Salam Bin Razzak
First Edition: 2020

Residence : Prabhu dev Building, Flat No. 303, Plot No.251, Sec-19,
Ulwe, Navi Mumbai - 410206.
Mob: 09967 330204
Publisher: Arshia Publications, Delhi.

انتساب

آصف فرخی

کی یاد میں

فہرست

حرف اوّل	سلام بن رزاق	11
1	چائے کا پیالہ	15
2	وراثت	16
3	عرفان	17
4	پتا نہیں	18
5	بہاؤ	19
6	بڑا آدمی	20
7	ٹھیک ہو جائے گا	21
8	دو لفظ	22
9	مچھلی ہونا	23
10	بازگشت	24
11	خواب	25
12	دو خرگوش	26
13	اہنکار	27
14	ریاضت	28
15	آخری نکتہ	29
16	گرو منتر	30
17	فطری حُسن	32

18	راستہ	33
19	مرا تو نہیں	34
20	من کا بوجھ	35
21	لمحہ موجود	36
22	ترکیب	37
23	امن وسکون	38
24	بُدھ کی تلاش	40
25	مکڑا	41
26	چونکنے کا طریقہ	43
27	چائے کا حملہ	44
28	خود شناسی	46
29	آگہی	47
30	آواز	48
31	بے خوف	49
32	نزاکت	50
33	تیاری	51
34	بُدھ	52
35	موت کا خوف	53
36	جنت دوزخ	55
37	ایک ہاتھ کی تالی	56
38	تین دن	58

39	بھکاری	59
40	تیسرا راستہ	61
41	خزانہ	62
42	تفہیم	63
43	چور	64
44	صحیح غلط	66
45	تناسب	67
46	شکریہ	68
47	مزاج	69
48	سر کا بوجھ	70
49	روشنی	71
50	جواب	72
51	محافظ	73
52	لافنگ بُدھ / ہنستا بُدھ	74
53	ملنے والا	76
54	سچی خوشی	77
55	شونیہ	78
56	تیسرا ایڈیشن	79
57	قتل	80
58	دوستی	81
59	انوکھا درس	82

60	بہترین	83
61	دھیان	84
62	تعلیم	85
63	صفر ہے تو!	87
64	زین کا اُپدیش	88
65	پیش قیمت	89
66	مونان	90
67	تعمیل	93
68	بدھتو اسے الگ نہیں	94
69	سوغات	95
70	کیا ڈول رہا ہے؟	96
71	آ گلے لگ جا	97
72	اشیون کی موت	98
73	دل انگارہ آنکھ راکھ	99
74	سب کو یکساں بھوجن	100
75	اعترافِ گناہ	101
76	کام نہیں تو کھانا بھی نہیں	102
77	رعایا کے بچے	103
78	موت کا وقت	104
79	پانی کا قطرہ	105
80	اینٹ کا آئینہ	106

81	اچھا!	107
82	اناڑی عابد	110
83	مارگ	111
84	عمدہ گھوڑا	112
85	مہارت	113
86	پرارتھنا	114
87	گرو کا کھانا	115
88	پہلا سوتر	117
89	عارف	118
90	کتابیں	119
91	دن کے وقت سونا	120
92	خدا کی چاہ	121
93	تمھارے ہاتھ میں ہے	122
94	سادھو اور طوائف	123
95	جس کے جو دھیان میں آئی	124
96	جھیل بنو	125
97	صاف پانی	126
98	آہٹ	128
99	چیلا	129
100	بھکتی	130
101	سائیکل	131

کوآن

1	درشن	135
2	زین کیا ہے؟	136
3	بصیرت	138
4	مشاہدہ	139
5	ادھوری نظم	140
6	دھرم کا راز	142
7	بوتل کی مچھلی	143
8	بُدھ کا نام	144
9	نروان کی راہ	145
10	خاموشی کا مقدر	146
11	ایک پہیلی	147
12	بھینس کی دُم	149

حرفِ اوّل

زین (ZEN) جاپان کا ایک بُدھ فرقہ ہے، جو مہا تما بُدھ کی تعلیمات سے زیادہ مہا تما بُدھ کی طرح 'تپ اور دھیان' کے ذریعے براہِ راست حقیقت کے عرفان پر یقین رکھتا ہے۔

مہا تما بُدھ کے علاوہ زین سادھوؤں پر چین کے عظیم مفکر 'لاوتسے' کے افکار کا بھی گہرا اثر ہے۔

زین کا مقصد ہے، 'جاگنا'۔ یہ جاگنا اصل میں ہوس اور مایا کی نیند سے جاگنا اور متعلقات دُنیا سے کنارہ کش ہونا ہے۔ ایسا جاگنا جو ہر لحظہ تغیر پذیر دُنیا کے خواب کو توڑ دے۔ یا بالفاظ دیر ایسی گُمشدگی جس میں خود گمشدگی کا احساس بھی تحلیل ہو جائے۔ اس مرحلے سے گزرنے کے بعد ہی اچانک وہ منزل آتی ہے جہاں سے لامحدود خلا کے بیکراں سمندر میں چھلانگ لگانا ممکن ہو جاتا ہے۔

زین طریقۂ عبادت میں کتھاؤں، پہیلیوں اور شاعری کی بڑی اہمیت ہے۔ زین کتھائیں بُدھ مذہب کی جاتک کتھاؤں یا اُپنشدوں اور پُرانوں یا پنچ تنتر کی کہانیوں سے اس اعتبار سے مختلف ہیں کہ یہ کتھائیں کسی طرح کا اُپدیش نہیں دیتیں نہ کسی مخصوص عقیدت، نظریے یا لائحہ عمل پر اصرار کرتی ہیں۔ زین سادھوؤں کا خیال ہے کہ زین کتھاؤں کے معنی کو سمجھنے کی کوشش کرنا اصل میں اُن کے تاثر کو کم

کرنے یا زائل کر دینے کے مترادف ہے ۔ یہ کسی معنی کا انکشاف بھی نہیں کرتیں بلکہ ہر قسم کے معنی و مطلب سے مبرّا ہونے کا تاثر دیتی ہیں ۔ ان میں موجود منظر، افراد، جاندار وغیرہ کسی گہرے معنی کی علامتیں نہیں بلکہ کسی بھی ظاہری یا باطنی معنی و مفہوم سے الگ آزاد استعارے ہوتے ہیں ۔

ان کا مقصد ہے عقل و دانش کی روایات، تصورات نیز غور و فکر کے مروجہ طریقوں کو ایک دم سے جھنجوڑ دینا اور دنیا کو دیکھنے کی فرسودہ عینک کے شیشوں کو اچانک نکال کر پھینک دینا۔

زین روایت کے دو اہم اسکول ہیں ۔ پہلا 'رنجائی' کہلاتا ہے، اس میں اچانک عرفان کی منزل پانے کی بات کہی جاتی ہے ۔ اس میں ایسی کتھائیں، نظمیں اور پہیلیاں شامل ہیں جو بہ ظاہر بے تُکی، بے معنی اور بے سر پیر کی نظر آتی ہیں ۔ زین سادھوؤں کا ماننا ہے بظاہر بے تکی نظر آنے والی یہی بات دماغ کو ایسی کیفیت میں مبتلا کر سکتی ہے کہ سوچنے سمجھنے کی تمام صلاحیتیں مفقود ہو جائیں اور ذہن میں ایک خلا سا پیدا ہو جائے ۔ ایک بار دماغ افکار سے خالی اور دل محسوسات سے عاری ہو جائے تب عرفان کی وہ منزل آتی ہے جو سب سے بلند تر ہے ۔ ان کتھاؤں، پہیلیوں اور نظموں کو 'کوآن' کہتے ہیں ۔ رنجائی اسکول کی زین کتھائیں اسی زمرے میں آتی ہیں ۔ بعض اوقات ان کتھاؤں اور نظموں کو پڑھتے ہوئے ہمیں جدید شاعری اور تجریدی افسانے کا گُمان ہوتا ہے مگر دونوں میں فرق یہ ہے کہ جدید شاعری اور تجریدی افسانے کا ابہام دانستہ گڑھا ہوا معلوم ہوتا ہے جب کہ 'کوآن' کی کتھائیں اور نظمیں زین سادھوؤں کی سیکڑوں برس کی ریاضت، تپسّا اور گہرے غور و فکر کے ساتھ تشکیک و یقین کے تضادات سے معمور نظر آتی ہیں ۔

زین کی دوسری روایت کو 'سوتو' (सोतो) کہتے ہیں ۔ جو علم و عرفان کے مختلف مزاج کو تسلیم کرتی ہے ۔ اس روایت میں گرو طویل مدت تک چیلے کو مختلف طریقہ ہائے عبادت کا درس دیتا ہے نیز علم و عرفان کی دُشوار گزار راہوں میں اُس کا شریک سفر رہتا ہے ۔ زین کی اس روایت کی کتھائیں اسرار اور معنی سے پُر ہوتی ہیں جن میں زندگی کی صداقتوں کے مختلف رنگ پوری آب و تاب سے چمکتے نظر آتے

ہیں۔

اس مجموعے میں ایک عام قاری کی سوجھ سمجھ اور فہم و ادراک کو ذہن میں رکھتے ہوئے زیادہ تر 'سوتو' کہانیوں کا انتخاب کیا گیا ہے۔

رنجائی اسکول کی چند کہانیاں (کوآن) کو مُشتے از خروارے کے طور پر مجموعے کے آخر میں شامل کیا گیا ہے تاکہ ذہین قاری بھی اپنی ذہنی استعداد کے مطابق ان سے لطف و انبساط حاصل کر سکے۔

میرا خیال ہے کہ زین کہانیوں اور زین فلسفے پر اردو میں چھُٹ پُٹ کہانیوں کے ترجموں کے علاوہ کوئی خاص کام نہیں ہوا ہے۔

اس معمولی مجموعے کی اشاعت کا ایک مقصد یہ بھی ہے کہ اردو کا عام قاری زین کے عظیم فلسفے سے واقفیت حاصل کرے۔ اس کے علاوہ سنجیدہ اور صاحب ذوق ادبا زین فلسفہ و ادب کی طرف راغب ہوں اور اس گنج بے بہا سے مزید آب دار ہوتی چن کر اُردو کے دامن کو ثروت مند بنا سکیں۔

سلام بن رزاق

چائے کا پیالہ

کسی بستی میں ایک بڑا عالم رہتا تھا۔ قرب و جوار میں اُس کے علم و دانش کی بڑی شہرت تھی۔ مذہب اور فلسفے کے بارے میں کوئی اُس کی ہمسری نہیں کر سکتا تھا۔

ایک دن اُس نے قریب کے ایک زین سادھو کے پاس پیغام بھیجا۔

''اگر آپ اجازت دیں تو میں 'زین' فلسفے کے رموز کو سمجھنے کے لیے آپ کی خدمت میں حاضر ہونے کی سعادت حاصل کرنا چاہتا ہوں۔''

زین سادھو نے کہلوا بھیجا، ''تشریف لائیے۔''

عالم زین سادھو کی کُٹیا میں پہنچا۔ سادھو نے اُس کا خیر مقدم کیا۔ عزت و احترام کے ساتھ اندر لے گیا۔ ایک تخت پر بٹھایا۔ اندر جا کر چائے کی ٹرے لے آیا، ایک صاف پیالہ عالم کے سامنے رکھا، کیتلی اُٹھائی اور جھک کر ادب سے پیالے میں چائے اُنڈیلنے لگا، انڈیلتا رہا، حتّٰی کہ پیالہ لبالب بھر گیا، اس کے باوجود سادھو چائے اُنڈیلتا رہا۔ پیالہ چھلک گیا اور چائے گرنے لگی۔

پہلے تو عالم خاموشی سے یہ سب دیکھتا رہا۔ آخر اُس سے رہا نہ گیا، بولا، ''ارے بس کرو بھائی! پیالہ تو بھر چُکا ہے، اب اور چائے کیوں اُنڈیل رہے ہو۔''

سادھو رُک گیا۔ کیتلی نیچے رکھ دی اور رسان سے بولا، ''آپ بھی اپنے کا دماغ کا پیالہ خالی کر کے آئیے، ورنہ 'زین' کا علم اس چائے کی طرح رائیگاں جائے گا۔''

■■

وراثت

کہتے ہیں ہونہار چیلا گُرو کا جانشین ہوتا ہے۔

'مونان' ایک بہت بڑے 'زین' گرو ہو گزرے ہیں۔ اُن کا ایک چیلا تھا 'شوزو'۔

شوزو بہت ذہین تھا۔ جب شوزو کی تعلیم پوری ہو چکی تو گُرو مونان نے اُسے اپنے حُجرے میں بُلایا اور کہا،

''شوزو! اب میں بوڑھا ہو گیا ہوں۔ تمھاری قابلیت پر مجھے اعتماد ہے۔ ہمارے تعلیمی سلسلے کو تم بہ حسن وخوبی آگے بڑھا سکتے ہو۔''

اتنا کہہ کر مونان نے ایک ضخیم کتاب اُٹھائی جس کی جلد بوسیدہ ہو چکی تھی اور بولے، ''یہ کتاب سات پُشتوں سے ہماری میراث ہے۔ ہر مرشد کامل نے اس میں کچھ نہ کچھ اضافہ کیا ہے۔ میں نے بھی اپنی سوجھ بوجھ کے مطابق اس میں کئی باتیں درج کی ہیں۔ یہ کتاب بہت قیمتی ہے۔ میں اِسے تمھارے حوالے کرتا ہوں۔ تم اس انمول کتاب کے وارث ہو۔''

شوزو نے کچھ کہنا چاہا مگر حدِّ ادب مانع تھا۔ وہ چُپ رہا۔ دونوں ایک سُلگتی انگیٹھی کے پاس بیٹھے تھے۔ گرو مونان نے کتاب شوزو کی طرف بڑھائی۔ شوزو نے ہاتھ بڑھا کر کتاب لے لی مگر دوسرے ہی لمحے اُسے انگیٹھی میں گرا دیا۔ مونان کے منہ سے بے ساختہ نکلا ''ارے، یہ کیا کیا؟''

مگر شوزو کا چہرہ پُرسکون تھا۔ وہ خالی نظروں سے جلتی ہوئی کتاب کو دیکھ رہا تھا۔ گرو مونان، شوزو کی اس حرکت کے رمز کو سمجھ گئے۔ شوزو کو ایسی کسی کتاب کی ضرورت نہیں تھی جو اُسے روایتوں کا پابند بنا دے۔

■■

عرفان

ایک دن گُرو نے آشرم میں اعلان کیا کہ فلاں 'چیلے' کو برسوں کی تپسّیا اور ریاض کے بعد آخر حقیقت کا عرفان ہوگیا ہے۔ یہ ایک بڑی بات تھی۔ آشرم میں کھلبلی مچ گئی۔ جوش اور تجسّس سے بھرے تمام چیلے اُس نئے سادھو کے پاس پہنچے۔ اُنھوں نے اُسے مبارک باد دی اور پوچھا:

''اس کامیابی کے بعد تمھیں کیسا محسوس ہوتا ہے؟''

نئے سادھو نے جواب دیا:

''پہلے میں معرفت کے تصّور میں سرشار رہتا تھا۔لیکن اب ساری دنیا کے آلام ومصائب کے احساس سے متردّد رہتا ہوں۔''

■■

پتا نہیں!

ایک دن سمراٹ اپنی بستی کے سب سے بڑے زین سادھو کے پاس پہنچا۔ سلام کر کے اُس کے سامنے ادب سے دو زانو ہو کر بیٹھ گیا۔

سادھو نے مُدعا معلوم کیا۔

سمراٹ بولا ''میں جاننا چاہتا ہوں کہ بودھ اصولوں کے مطابق عظیم سچائی کیا ہے؟''

سادھو نے ایک لمحہ ضائع کیے بغیر کہا۔

''خلا جو ہر شئے سے خالی ہے۔''

سمراٹ نے حیران ہو کر پوچھا ''تو پھر، ہم کیا ہیں؟ آپ کیا ہیں؟ میں کیا ہوں؟''

''پتا نہیں؟'' سادھو نے جواب دیا۔

■■

بہاؤ

ایک دفعہ چند زین سادھو ایک ندیا پار کر رہے تھے۔ ایک بوڑھے سادھو کا پاؤں پھسل گیا اور وہ ندی کے تیز دھارے میں بہہ گیا۔ اُس کے شاگرد بدحواس ہو کر کنارے کنارے بھاگنے لگے۔ وہ دھارے میں بہتا گیا۔ کچھ دور جانے کے بعد ندی ایک آبشار کی صورت ایک وادی میں گری۔

شاگردوں نے سوچا، اب تو گرو کی لاش ہی برآمد ہو گی، لیکن جب وہ نیچے پہنچے تو اُن کی حیرت کا ٹھکانہ نہ رہا۔ سادھو مسکراتا ہوا ندی سے باہر نکل رہا تھا۔

ایک چیلے نے حیرانی سے پوچھا، ''گرو جی! آپ کو کچھ نہیں ہوا؟''

''ہونا کیا تھا؟'' گرو نے کہا، ''دریا کا بھاؤ تیز تھا میں اُسے اپنے قابو میں نہیں کر سکتا تھا لہٰذا میں نے اپنے آپ کو اُس کے حوالے کر دیا۔ ڈوبتا تیرتا، بہتا گیا اور بہتا ہوا واپس آ گیا۔''

■■

بڑا آدمی

گاؤں کی بستی سے باہر دور پہاڑی پر ایک بڑا سا مکان تھا جس میں ایک زین سادھو رہتا تھا۔ اُس کی عبادت اور پرہیزگاری کی وجہ سے لوگ اُسے 'بڑا آدمی' کہتے تھے۔

ایک دفعہ کسی رئیس کو ایک مشکل مسئلہ درپیش ہوا،۔ بہت کوشش کے باوجود اُسے اُس مسئلے کا حل سجھائی نہیں دیا۔ اُس نے سوچا کیوں نہ اُس بڑے آدمی سے مل کر اس مسئلے کا حل دریافت کیا جائے۔

جب وہ پہاڑی کے اوپر اُس بڑے آدمی کے مکان کے دروازے پر پہنچا تو دیکھا کہ وہاں ایک شخص کھڑا ہے جو حلیے سے اُس مکان کا خادم معلوم ہو رہا تھا۔

رئیس نے اُس سے کہا، ''مجھے تمھارے مالک سے ملنا ہے۔''

خادم نے اُسے اندر آنے کا اشارہ کیا۔ رئیس اندر داخل ہوا۔ خادم اُسے ایک کمرے سے دوسرے کمرے میں، دوسرے سے تیسرے میں گھماتا رہا۔ کئی کمروں اور گلیاروں سے گزرنے کے بعد وہ آخری دروازے پر پہنچے۔ رئیس نے جب دروازہ کھول کر آگے قدم رکھا تو اُس کی سمجھ میں آیا کہ یہ تو مکان کا پچھلا دروازہ ہے اور وہ مکان کے باہر آ گیا ہے۔ اُس نے مُڑ کر جھنجلائے ہوئے لہجے میں خادم سے کہا:

''تمھارا مالک کہاں ہے؟ جسے لوگ 'بڑا آدمی' کے نام سے جانتے ہیں۔ مجھے اُن سے ایک مسئلے کا حل پوچھنا ہے۔''

''تمھارے مسئلے کا حل یہ ہے کہ آج کے بعد سے تمھیں ملنے والا ہر شخص بڑا آدمی ہے بظاہر وہ جیسا بھی نظر آتا ہو۔'' خادم نما شخصیت نے جواب دیا۔ رئیس سمجھ گیا کہ یہی شخص 'بڑا آدمی' ہے۔

■■

ٹھیک ہو جائے گا

ریاض کے پہلے ہی دن ایک نوجوان ُچیلا' شام کو گرو کے پاس پہنچا۔

''گرو جی! یہ ریاض تو بڑا مشکل ہے۔ ایک ہی آسن میں بیٹھے بیٹھے میرے پاؤں اکڑ گئے۔ پیٹھ میں درد ہونے لگا، سر چکرانے لگا۔''

''فکر مت کرو۔'' گرو نے کہا۔ ''کرتے رہو، ٹھیک ہو جائے گا۔''

ہفتہ بھر بعد وہ ُچیلا' پھر گرو کے پاس پہنچا۔

''گرو جی! آپ نے ٹھیک کہا تھا، اب میں بہت چُست و درست ہوں۔ ایک دم شانت اور پوری طرح آمادہ۔ میرے روئیں روئیں سے ایک عجیب و غریب سرشاری سی پھوٹتی محسوس ہو رہی ہے۔''

''فکر مت کرو۔'' گرو نے کہا، ''کرتے رہو، ٹھیک ہو جائے گا۔''

■■

دو لفظ

اُس آشرم کے اصول بڑے سخت تھے۔ وہاں بات کرنے کی ممانعت تھی۔ صرف بڑے اچاریہ ہی بول سکتے تھے۔ وہ بھی نہیں کے برابر یا بے حد ضرورت پر۔ ایک سادھو کو ایک سال میں صرف ایک بار بولنے کی اجازت تھی، فقط دو لفظ۔

دو سال سے ریاضت میں مشغول ایک سادھو کو اچاریہ نے بُلایا، کہا: ''آج تمھارا دن ہے۔ صرف دو لفظ۔''

سادھو نے کہا، ''بستر... کھٹمل...''

''اوہو'' اچاریہ بولے ___ آشرم کے بستروں کی صفائی کر کے دوا چھڑکی گئی۔

ایک سال اور بیت گیا۔ اُسی سادھو کے بولنے کی باری تھی۔ آچاریہ نے کہا، ''یاد ہے... فقط دو لفظ۔''

سادھو بولا، ''مرچی... تیکھی...''

اچاریہ نے خانساماں کو ہدایت دی کہ سادھوؤں کے کھانے میں کم مرچ ڈالی جائے۔

ایک سال اور گزرا... ایک بار پھر وہی سادھو اچاریہ کے سامنے کھڑا تھا۔

اچاریہ نے پوچھا، ''اس بار کیا؟''

بھکشو بولا، ''آشرم... چھوڑنا...''

''ہاں ہاں، کیوں نہیں۔'' اچاریہ نے گردن ہلاتے ہوئے کہا۔

''تم یہ آشرم چھوڑ ہی دو تو اچھا ہے۔ تمھارا ریاضت میں دل تو لگتا نہیں... تین سال سے صرف شکایتیں کیے جا رہے ہو۔''

■■

مچھلی ہونا

دو زین بھکشو ٹہلتے ہوئے ایک حوض کے پاس پہنچے۔ حوض میں رنگ برنگی مچھلیاں تیر رہی تھیں۔

ایک سادھو نے کہا،'' یہ دیکھو، مچھلیاں کتنی آزادی سے پانی میں تیرتی پھر رہی ہیں۔''

دوسرے سادھو نے کہا،''تم مچھلی نہیں ہو اس لیے تم جان ہی نہیں سکتے کہ اصل میں مچھلی کو کیسا لگ رہا ہے۔''

پہلے سادھو نے کہا،''تم، میں، نہیں ہو، اس لیے تم جان ہی نہیں سکتے کہ میں جان سکتا ہوں یا نہیں کہ مچھلی کو کیسا لگ رہا ہے۔''

■■

بازگشت

زین گرو کے پاس ایک نیا شاگرد پہنچا۔ پہلے ہی دن اُس ہونہار شاگرد نے سادھو سے پوچھا،''گرودیو! پہلی بات مجھے یہ بتلائیں کہ آپ سے کچھ سیکھنے کے لیے میرا رویہ کیا ہونا چاہیے؟''

سادھو نے جواب دیا:

''فرض کرو میں ایک سنسان وادی ہوں۔ تم جتنا زور سے چلاؤ گے اتنی ہی گہری بازگشت تمھیں سنائی دے گی۔''

■■

خواب

ایک زین سادھو نے خواب میں دیکھا کہ وہ ایک 'تتلی' ہے۔ رنگ برنگے پروں والی، ہوا میں اُڑتی اور پھولوں پر منڈلانے والی تتلی۔ تتلی کے روپ میں اُسے ذرا بھی احساس نہیں ہوا کہ وہ ایک آدمی ہے۔ پھولوں پر منڈلاتے منڈلاتے اچانک اُس کی نیند ٹوٹ گئی اور وہ بیدار ہو گیا۔ تب وہ سوچنے لگا۔

''کیا میں، حقیقت میں ایک انسان ہوں جو تتلی ہونے کا خواب دیکھ رہا تھا یا میں ایک تتلی ہوں جو انسان ہونے کا خواب دیکھ رہی ہے؟''

■■

دو خرگوش

ایک زین گرو روحانی علم کے ساتھ جسمانی کسرت اور یوگ کے ذریعے نفس کو اپنے قابو میں رکھنے کا ہُنر جانتا تھا۔ اُس کے شاگردوں میں زین کی تعلیمات سیکھنے والوں کی بہ نسبت کسرت اور یوگ کی تعلیم حاصل کرنے والوں کی تعداد زیادہ تھی۔ سادھو حسبِ توفیق سب کو دونوں علوم کا درس دیتا تھا۔

ایک دن اُس کا ایک شاگرد اُس کے پاس آیا اور بولا،''میں آپ سے کسرت اور یوگ کا درس تو لے رہا ہوں، پاس کے گاؤں میں شمشیر زنی کے ایک بڑے اُستاد کا اکھاڑہ ہے۔ اگر آپ اجازت دیں تو میں اُن سے 'شمشیر زنی' کا درس بھی لینا شروع کروں۔''

گرو نے جواب دیا،''ایک شکاری نے بڑی محنت سے ایک خرگوش پکڑا، ابھی اُسے اچھی طرح اپنے تھیلے میں رکھ بھی نہیں پایا تھا کہ اُسے دوسرا خرگوش نظر آگیا۔ وہ اُسے بھی پکڑنے کے لیے لپکا۔ نتیجتاً دونوں خرگوش اُس کے ہاتھ سے چھوٹ گئے۔

شاگرد، گرو کا عندیہ سمجھ گیا اور گردن جھکا کر چپ چاپ لوٹ گیا۔

■■

اہنکار

ایک راجا علم و عرفان کا بڑا دلدادہ تھا۔ وہ عالموں اور سادھوؤں کو بڑی قدر کی نگاہ سے دیکھتا اور حتیٰ الوسع اُن کی خدمت کرتا۔

اُس کے حُسنِ انتظام اور عدل و انصاف کی دور دور تک شہرت تھی۔ انکسار کا یہ عالم تھا کہ اپنے آپ کو رعایا کا خادم کہتا۔ رعایا بھی اُس پر جان چھڑکتی تھی۔ دربار کے رُؤسا اور امراء بھی اُس سے قلبی لگاؤ رکھتے اور اُس کا دل سے احترام کرتے۔ لوگوں کی محبت اور عقیدت جتنی بڑھتی جاتی اُس کی انکسار میں اُسی قدر اضافہ ہوتا جاتا تھا۔

ایک دن وہ ایک زین مُنی سے ملنے گیا، کہنے لگا:

''میں نے اپنی انا کی پوری طرح نفی کر دی ہے اور اپنے آپ کو بالکلیہ انسانی خدمت کے لیے وقف کر دیا ہے، اب آپ...''

راجا کی بات کاٹتے ہوئے زین سادھو بیچ ہی میں غصّے سے چلایا، ''ابے تو کیا مجھ پر احسان کر دیا تو نے؟''

سادھو کے اس غیر متوقع رویّے پر غصے اور اہانت سے راجا کا چہرہ تمتمانے لگا۔

اچانک زین سادھو بچوں کی طرح کھلا کر ہنس پڑا اور بولا، ''انا تو ابھی باقی ہے۔''

راجا بڑا شرمندہ ہوا اور سادھو سے بغیر کچھ کہے سنے لوٹ آیا۔

■■

ریاضت

ایک شاگرد دس سال سے زین کی تعلیم حاصل کر رہا تھا۔ وہ دس سال تک پوری دلجمعی سے تعلیم حاصل کرتا رہا۔

کسب و ریاض کے اصول وقواعد، زین منتر، کتھائیں اُسے سب ازبر ہو گئے تھے۔ عبادت کے تمام طور طریقوں سے بھی وہ واقف ہو گیا تھا۔ اُس نے سوچا اُس کی تعلیم مکمل ہو چکی ہے وہ آزادانہ عبادت اور ریاضت کر سکتا ہے۔ لہٰذا اب آشرم کو الوداع کہہ دینا چاہیے۔

وہ گرو سے اجازت لینے اُن کی کٹیا پر گیا۔

برسات ہو رہی تھی۔ وہ اندر گیا۔ دونوں ہاتھ جوڑ کر گرو کو پرنام کیا اور ایک طرف بیٹھ گیا۔

وہ کچھ بولتا اس سے پہلے گرو نے پوچھا:

''ارے برسات ہو رہی ہے۔ تمھارا چھاتا کہاں ہے؟''

''چھاتا تو میں نے دروازے پر رکھ دیا ہے۔'' شاگرد بولا۔

''اور تمھاری چپلیں؟'' گرو نے پوچھا۔

''وہ بھی دراوزے پر چھوڑ دیں۔'' شاگرد بولا۔

''چپلیں چھاتے کے دائیں طرف چھوڑیں یا بائیں طرف؟'' گرو نے مسکرا کر پوچھا۔

شاگرد لمحہ بھر چپ رہا، اُسے دھیان ہی نہیں تھا کہ اُس نے چپلیں کس طرف چھوڑی تھیں۔ وہ چپ چاپ اُٹھ کر باہر آ گیا اور مزید دس سال گرو کی نگرانی میں ریاضت کرتا رہا۔

■■

آخری نکتہ

ایک فلسفی ایک زین سادھو سے ملا۔

اُس نے پوچھا،''میں نے دیکھا ہے کہ آپ کے پاس پریشانیوں سے گھرے لوگ آتے ہیں لیکن آپ سے باتیں کرنے کے بعد وہ پُرسکون اور خوش خوش لوٹ جاتے ہیں۔آخر ایسی کون سی ترکیب ہے جس سے آپ اُن کا علاج کرتے ہیں؟''

زین سادھو نے کہا،''میں اُنھیں گفتگو کے ذریعے اُس نکتے پر لے جاتا ہوں جہاں وہ کوئی بھی سوال کرنے کے قابل نہیں رہتے۔''

■■

گرومنتر

ایک معروف زین گرو سے اُن کے ایک شاگرد نے کہا،''مجھے کوئی ایسی بات بتائیے جو زندگی بھر میری رہنمائی کرسکے۔''

''تو سنو!'' گرو نے کہا،''سب سے بڑی بات یہ ہے کہ 'حق' تمھارے اندر ہی کہیں ہے۔''

گرو کی اس بات نے شاگرد کے دل پر گہرا اثر کیا۔ بہت دنوں تک وہ اس بات پر غور کرتا رہا۔ آخر کار اُس نے فیصلہ کیا کہ اِدھر اُدھر وقت ضائع کرنے کی بجائے وہ اپنے اندر مضمر حق کو پانے کا جتن کرے گا۔

وہ آشرم چھوڑ کر جنگل میں چلا گیا۔ تنہائی میں پورے انہماک کے ساتھ دھیان گیان میں مشغول ہوگیا۔ اُسے گرو کے قول پر پورا یقین تھا۔ وہ جانتا تھا کہ اُس کے اندر پوشیدہ حق، ایک نہ ایک دن اُس پر منکشف ہوگا۔

پندرہ برس بیت گئے۔ ایک دن اُس کی کٹیا پر ایک سادھو آیا۔ وہ اس جنگل سے گزر رہا تھا۔

دونوں سادھوؤں میں بات چیت ہونے لگی۔ باتوں باتوں میں پہلے سادھو کو معلوم ہوا کہ دوسرا سادھو اُسی گرو کا شاگرد ہے جن سے ہدایت پا کر وہ پندرہ برس سے اس گھنے جنگل میں ریاضت کر رہا ہے ___ اُسے بڑی خوشی ہوئی، اُس نے پوچھا،''تم کتنے سال سے گرو جی کی سیوا کر رہے ہو؟''

دوسرا بولا،''بارہ سال سے۔''

پہلے سادھو نے پوچھا،''کیا تمھیں اُنھوں نے کوئی گرومنتر دیا ہے؟''

''ہاں...'' دوسرا سادھو بولا، ''ابھی کچھ دن پہلے اُنھوں نے مجھے ایک گرومنتر دیا تھا۔''

''اگر تمھیں اعتراض نہ ہو تو بتا سکتے ہو کیا تھا وہ گرومنتر؟'' پہلے شاگرد نے پوچھا۔

''ہاں، ہاں کیوں نہیں۔'' دوسرا شاگرد بولا، ''اُنھوں نے کہا تھا، ''حق تمھارے اندر کہیں نہیں ہے۔''

■■

فطری حُسن

مندر کے سامنے خوبصورت باغیچہ تھا۔ ثمر آور درخت، پھولوں کی کیاریاں، نرم ملائم سبزہ، درمیان سے ایک صاف سُتھری روش گزرتی ہوئی جو مندر تک جاتی تھی۔

مندر کا پجاری اپنے باغیچے کا کافی دھیان رکھتا تھا۔ ایک دن معلوم ہوا کہ خود راجہ مندر میں درشن کے لیے آرہا ہے۔ پُجاری نے مندر اور باغیچے کی صفائی کی، خس و خاشاک کو صاف کیا۔ ادھر اُدھر کی فالتو گھاس پھوس اور زائد پودوں کو چُن چُن کر اُکھاڑا... جھاڑیوں کو سلیقے سے کاٹا۔ بیلوں کو قرینے سے سُلجھایا اور کافی دیر لگا کر باغیچے میں ادھر اُدھر بکھرے ہوئے خشک پتوں کو چن چن کر باہر پھینکا۔

پورے کام کو نپٹا کر پُجاری نے باغیچے پر اطمینان بخش نگاہ ڈالی۔ مندر سے متصل ایک زین سادھو کی کٹیا تھی وہ چار دیواری کی دوسری طرف کھڑا پجاری کی اس کارروائی کو بغور دیکھ رہا تھا، پجاری کی نظر اُس پر پڑی۔ پجاری نے پوچھا ''کیوں! مہاراج، اب باغیچہ خوب صورت لگ رہا ہے نا...؟''

''ہاں... لیکن تھوڑی کسر ہے...'' زین سادھو نے کہا۔

''ذرا دیوار پھاند کر اُدھر آنے میں میری مدد کرو میں ٹھیک کر دیتا ہوں۔''

پجاری نے سادھو کو سہارا دیا اور وہ دیوار پھاند کر باغیچے میں آگیا۔ سادھو سیدھے باغیچے کے ایک بڑے درخت کے پاس گیا اور اُس کا تنا پکڑ کر زور زور سے ہلانے لگا۔ درخت کی خشک پتیاں درخت سے گر کر نیچے گھاس پر بکھر گئیں۔ سادھو نے پیچھے ہٹ کر اُنھیں دیکھا اور پجاری سے بولا۔ ''دیکھو! اب تمھارے باغ میں فطری حُسن پیدا ہو گیا ہے۔''

■■

راستہ

ایک ریگستان میں دو سادھو راستہ بھٹک گئے۔ بھوک، پیاس اور گرمی سے بے حال ہو گئے۔ اُنھیں لگنے لگا اب اس ریگستان سے زندہ بچ کر نکلنا محال ہے۔ اتنے میں دور ایک چھوٹی سی پہاڑی دکھائی دی۔ دونوں گرتے پڑتے پہاڑی کے پاس پہنچے۔ اُنھیں پہاڑ کے دامن میں ایک تنگ درار نظر آئی، اُنھوں نے درار سے جھانک کر دیکھا خوشی سے اُن کے چہرے کھل گئے۔ دوسری طرف ایک خوبصورت وادی تھی۔ وادی میں صاف پانی کا چشمہ بہہ رہا تھا۔ چاروں طرف سبزہ اُگا ہوا تھا۔ اِدھر اُدھر پھل دار درخت کھڑے تھے۔ پہلا فوراً پہاڑی پر چڑھ کر دوسری طرف اُتر گیا۔

دوسرے نے بھی اُس کی تقلید کی۔ پہلا تو پانی پی کر اور پھل کھا کر وہی سبزے پر لیٹ گیا مگر دوسرا تھوڑا سا پانی پی کر واپس پہاڑی پر چڑھنے لگا۔ پہلے نے پوچھا ''ارے کہاں جا رہے ہو؟''

''ہمارے بعد بھٹک کر آنے والے بھوکے پیاسے مسافروں کو اس وادی کا راستہ بتانے۔''

مرا تو نہیں

بستی کے باہر زین سادھو کی کُٹیا تھی۔ مشہور تھا کہ وہ سب کچھ جانتا ہے۔

ایک دن راجا زین سادھو سے ملنے اُس کی کٹیا میں گیا۔ سادھو نے راجا کا استقبال کیا اور اُسے عزت سے بٹھایا۔ اِدھر اُدھر کی باتوں کے بعد راجا نے پوچھا،"مہاراج سُنا ہے آپ سب کچھ جانتے ہیں۔ کیا آپ بتا سکتے ہیں کہ مرنے کے بعد کیا ہوتا ہے؟"

سادھو کو راجا کے سوال پر بڑی حیرانی ہوئی۔ انکسار سے بولا "سرکار! مجھے یہ کیسے معلوم ہو سکتا ہے؟"

راجا سمجھا، سادھو اُسے ٹال رہا ہے۔ راجا نے اصرار کیا،"ارے آپ تو بڑے گیانی ہیں۔ آپ سب جانتے ہیں۔"

سادھو نے رسان سے کہا،"لیکن مرا تو نہیں نا...؟"

■■

من کا بوجھ

ایک زین گرو اپنے چیلے کے ساتھ کہیں جا رہا تھا۔ راستے میں ایک برساتی ندی پڑتی تھی جس میں کمر تک گہرا پانی بہہ رہا تھا۔

ابھی دونوں ندی پار کرنے پر غور کر ہی رہے تھے کہ وہاں ایک دوشیزہ آ گئی۔ وہ کسی ناؤ والے کی تلاش میں ادھر اُدھر دیکھنے لگی تا کہ ندی پار کر سکے۔ لیکن وہاں اُسے کوئی ناؤ والا دکھائی نہیں دیا۔ اُس نے زین سادھو اور اُس کے چیلے کی طرف دیکھا۔ سادھو اُس کی پریشانی بھانپ گیا۔ اُس نے کہا، ''آپ پریشان نہ ہوں۔ میں آپ کی مدد کر سکتا ہوں۔'' یہ کہہ کر اُس نے دوشیزہ کو گود میں اُٹھا لیا اور ندی میں اُتر گیا۔ دوسرے کنارے پر پہنچ کر اُس نے دوشیزہ کو نیچے اتار دیا۔ دوشیزہ اُس کا شکریہ ادا کر کے چلی گئی۔ سادھو اپنی کٹیا کی طرف روانہ ہو گیا۔ چیلا اُس کے پیچھے چل رہا تھا۔ کٹیا پر پہنچ کر چیلے نے سادھو سے کہا، ''گرو دیو! آپ اجازت دیں تو ایک بات پوچھوں؟''

سادھو نے کہا، ''ہاں... پوچھو، کیا پوچھنا چاہتے ہو؟''

''گرو دیو! ہم لوگ برہمچاری ہیں۔ ہمارا اصول ہے کہ ہم عورتوں سے کوئی تعلق نہیں رکھیں گے مگر آپ نے آج اُس عورت کو گود میں اُٹھا لیا اور کوئی پرائش چیت بھی نہیں کیا؟''

سادھو ہنس دیا۔ بولا، ''بھائی! میں نے تو اُس عورت کو اُٹھا کر ندی کے اس کنارے سے اُس کنارے پر چھوڑ دیا مگر لگتا ہے تم اب بھی اُسے اُٹھائے پھر رہے ہو!''

■■

لمحہ موجود

ایک سپاہی دشمنوں کے نرغے میں گھِر گیا۔ دشمن سپاہیوں نے اُسے نہتّا کر کے گرفتار کرلیا اور ایک کوٹھری میں قید کر دیا۔ سپاہی جانتا تھا کہ اگلے دن اُسے دردناک ایذائیں پہنچائی جائیں گی اور سخت باز پُرس کے بعد بالآخر جان سے مار دیا جائے گا۔ اس اذیت ناک خیال سے وہ بے چین ہو گیا اور اُٹھ کر اندھیری کوٹھری میں ٹہلنے لگا۔ ٹہلتے ٹہلتے اُسے اپنے زین گرو کی کہی ہوئی ایک بات یاد آ گئی۔ گرو نے کہا تھا،

''صرف وہی لمحہ سچّا ہوتا ہے جسے تم جی رہے ہوتے ہو۔ گزرا ہوا اور آنے والا کل تو محض من کا چھلاوا ہے۔''

اس خیال کے آتے ہی سپاہی کا اضطراب ختم ہو گیا اور وہ زمین پر لیٹ کر گہری نیند سو گیا۔

■■

ترکیب

ایک بزرگ زین سادھو اپنی کوٹھری میں بیٹھے ہوئے تھے۔ اُن کی عمر سو برس سے تجاوز کر چکی تھی۔ ایک نوجوان سادھو اُن کے پاس آیا اور بولا، "مجھ سے کہا گیا ہے کہ دھیان میں اس طرح مگن ہو جاؤ کہ تمھارا دماغ خالی ہو جائے۔ آپ بتائیے کہ جب دماغ خالی ہو جائے، اُس کے بعد میں کیا کروں؟"

بزرگ سادھو نے کہا، "اُس خیال کو بھی دماغ سے نکال پھینکو۔"

"لیکن جب دماغ میں کچھ نہیں ہوگا تو کیا نکال کر پھینکوں؟"

بزرگ سادھو نے کہا، "تو پھر اُس پر عمل کرو۔"

اور اپنی آنکھیں بند کر لیں۔

■■

امن وسکون

بستی کے باہر ایک زین سادھو رہتا تھا۔ بستی والے اُس کی بہت عزت کرتے تھے۔ گاؤں کا ایک رئیس بھی سادھو کے عقیدت مندوں میں سے تھا۔ ایک دن رئیس نے سادھو سے کہا، ''گروجی! مجھے کوئی ایسی دُعا، منتر یا کلمہ لکھ کر دیں جسے میں اپنے گھر میں آویزاں کروں تاکہ میرے گھر میں آنے والی نسلوں تک امن وسکون قائم رہے۔''

سادھو نے اُسے اگلے دن آنے کو کہا۔ دوسرے دن رئیس خوشی خوشی سادھو کے پاس گیا۔ سادھو نے اُسے ایک کاغذ تھما دیا۔ کاغذ پر جلی حرفوں میں لکھا تھا۔

پہلے تمھاری موت ہو

پھر تمھارے بیٹے کی موت

اُس کے بعد تمھارے پوتے کی۔

عبارت پڑھ کر رئیس چکرایا۔ اُسے غصّہ بھی بہت آیا مگر ضبط سے کام لیتے ہوئے بولا، ''مہاراج! یہ کیسی تحریر ہے؟ میں آپ کی اتنی عزت کرتا ہوں۔ آپ کی خدمت کو اپنی خوش نصیبی سمجھتا ہوں۔ میرے دل میں آپ کے لیے کتنی عقیدت ہے میں بیان نہیں کرسکتا اور آپ مجھے ایسے بدشگون الفاظ لکھ کر دے رہے ہیں۔ یہ دُعا ہے یا بددُعا؟''

زین سادھو نے نہایت اطمینان سے جواب دیا:

''یہ دُعا ہی ہے... تم اس میں مضمر مفہوم کو سمجھ نہیں سکے۔''

''تو آپ سمجھا دیجیے نا...'' رئیس نے قدرے خفگی سے کہا:

زین سادھو نے اُسے سمجھایا، ''دیکھو! اگر تمھارا بیٹا تم سے پہلے مرجائے گا تو تمھاری ساری دھن

دولت کے باوجود تم پر غموں کا پہاڑ ٹوٹ پڑے گا اور تمھارے گھر کا امن وسکون غارت ہو جائے گا۔ اگر تمھارا پوتا تم سے یا تمھارے بیٹے سے پہلے مراتب بھی تمھارا خاندان گہرے صدمے سے نڈھال ہو جائے گا۔ اور تمھارے گھر کی خوشیاں ماتم میں بدل جائیں گی مگر جس ترتیب سے اس کاغذ پر اموات کا ذکر کیا گیا ہے اس کے مطابق سب کچھ معمول کے مطابق ہوگا اور تمھارا خاندان کسی ناگہانی صدمے سے دوچار نہیں ہوگا۔"

رئیس بڑا نادم ہوا۔ بولا "مجھے معاف کیجیے۔ آپ کی دُعا کے رمز کو میں نہیں سمجھ سکا تھا۔ آپ دھنیہ ہیں۔" اور سادھو کے پاؤں چھُو کر چلا گیا۔

■■

بُدھ کی تلاش

ایک زین سادھو کے دل میں خیال آیا کہ اُسے بُدھ کے درشن کرنے چاہیے۔ (بُدھ ایسے سادھو کو کہتے ہیں جسے موکش (نجات) مل گیا ہو)۔

وہ بُدھ کی تلاش میں نکلا۔ کئی برس تک گاؤں گاؤں بھٹکتا، جنگل پہاڑوں کی خاک چھانتا پھرا مگر کسی نے بُدھ کا صحیح پتا نہیں بتایا۔ ایک دن گھومتا گھامتا ایک گاؤں میں پہنچا اور لوگوں سے بُدھ کا پتا پوچھنے لگا۔ ایک بوڑھے نے بتایا۔ ''ندی کے اُس پار ایک گاؤں ہے۔ تمھیں وہاں ضرور بُدھ کا پتا مل جائے گا۔''

دوسرے دن وہ ندی پر پہنچا اور اُس پار جانے کے لیے ایک ناؤ میں سوار ہوا۔ جب ناؤ بیچ منجدھار میں پہنچی تو اُس نے دیکھا کہ سامنے سے کوئی شئے بہتی چلی آرہی ہے۔ ذرا قریب آنے پر اُسے اندازہ ہوا کہ وہ کسی آدمی کی لاش ہے۔ تھوڑی دیر میں وہ لاش اور قریب آگئی۔ وہ یہ دیکھ کر بہت سٹپٹایا کہ وہ کسی اور کی نہیں خود اس کی لاش تھی۔ اچانک وہ ہیجان میں مبتلا ہو گیا اور بے اختیار رونے لگا۔

لاش لہروں کے دوش پر بہتی ہوئی دور نکل گئی۔

وہ کچھ دیر تک روتا بلکتا رہا پھر دھیرے دھیرے اُس کا اضطراب کم ہونے لگا۔ آہ وزاری تھم گئی۔ اُس کے ذہن پر چھایا غبار صاف ہو گیا اور وہ پُرسکون ہو گیا۔

کہتے ہیں اُسی لمحے اُسے موکش مل گیا اور وہ بُدھ بن گیا۔

■■

مکڑا

ایک زین سادھو پہلی بار دھیان میں بیٹھا تھا۔ آنکھیں بند کرتے ہی ایک مکڑا جھولتا ہوا اُس کے سامنے آگیا۔ اُس نے اُسے بھگا دیا۔ جب دوسرے دن دھیان میں بیٹھا تو سامنے پھر وہی مکڑا اوارد ہوگیا۔ وہ پہلے کے مقابلے میں کچھ بڑا تھا۔

تیسرے دن بھی مکڑا مزید بڑا ہو کر سامنے آگیا۔ سادھو پریشان ہوگیا۔ وہ مکڑا روزانہ اُس کے دھیان میں کھنڈت ڈال دیتا تھا۔ اُس کا حجم بھی روز بروز بڑھتا جا رہا تھا۔ کچھ دن بعد تو اُس کی جسامت بلّی کے برابر ہوگئی۔ سادھو اتنا ڈر گیا کہ اُسے دیکھتے ہی آسن چھوڑ کر بھاگ کھڑا ہوا۔

دوسرے دن وہ اپنے ساتھ ایک تیز چاقو لے کر نکلا تاکہ جوں ہی وہ آئے اُس کا کام تمام کردے۔ آشرم کے گرو نے اُسے چاقو لے جاتے ہوئے دیکھ لیا۔ گرو نے چاقو لے جانے کی وجہ پوچھی تو سادھو نے اُسے مکڑے کی بابت بتایا۔ گرو نے پوچھا، ''کیا وہ تمھاری سادھنا کے علاوہ بھی تمھیں کبھی نظر آیا؟''

''نہیں...''، چیلے نے کہا۔

''تو پھر اُسے چاقو سے مت مارو۔''

گرو نے کہا اور سیاہی کی ایک بوتل اُسے تھما دی۔

''اس کا کیا کروں؟''، چیلے نے تعجب سے پوچھا۔

''جوں ہی مکڑا نظر آئے، یہ سیاہی اُس کے منہ پر پھینک دینا۔''

چیلے نے سیاہی کی بوتل لے لی۔ وہ جوں ہی سادھنا میں بیٹھا وہ مکڑا سامنے آگیا۔ اُس نے سیاہی کی بوتل اُس کے منہ پر پھینک دی۔

سیاہی کے منہ پر پڑتے ہی مکڑا غائب ہو گیا۔

دھیان کے بعد گرو نے چیلے کو اپنے پاس بُلایا۔ چیلا بہت خوش تھا۔ بولا ”گرو جی! آپ کی ترکیب کام آئی۔ جوں ہی سیاہی منہ پر پڑی مکڑا بھاگ گیا۔“

گرو جی نے ایک آئینہ نکال کر اُسے دکھایا۔ چیلا آئینے میں اپنی شکل دیکھ کر حیران رہ گیا۔ اُس کا چہرہ سیاہی سے پُتا ہوا تھا۔

■■

ڈرنے کا طریقہ

ایک آشرم کا گرو بڑے شانت سُبھاؤ کا تھا۔ اُسے کبھی کسی نے پریشان یا مضطرب نہیں دیکھا۔ ایک دن آشرم کے کچھ شریر چیلوں نے گروجی کو آزمانا چاہا۔ حسبِ معمول منہ اندھیرے گرو چائے لینے کے لیے باورچی خانے میں گیا۔ ایک چیلا منہ پر ایک بھیانک مکھوٹا لگائے اُس کے کمرے میں دروازے کے پیچھے چھُپ گیا۔ گرو جوں ہی چائے کا پیالہ لیے واپس آیا۔ چیلا اچانک کود کر باہر نکلا اور زور سے چلایا... ''ہاہاہا''

گرو بغیر مُڑ کر دیکھے آرام سے چلتا ہوا چوکی تک گیا۔ جھک کر گھٹنوں کے بل بیٹھا۔ چائے کا پیالہ چوکی پر رکھا۔ کھڑا ہوا۔ مُڑ کر دروازے کے پیچھے سے نکلنے والے ڈراؤنا مکھوٹا لگائے ہوئے چیلے کو دیکھا، اپنے چہرے پر خوف طاری کیا اور ڈرنے کی اداکاری کرتے ہوئے زور سے بولا، ''ہوہوہو...''

■■

چائے کا حملہ

یہ اُس زمانے کی بات ہے جب یورپین ملک کی طرح چین میں ڈویل کا رواج عام تھا۔ لوگ ذرا ذرا سی بات پر ایک دوسرے کو مبارزت کے لیے للکارتے تھے۔

ایک زین سادھو راستے سے گزر رہا تھا۔ سادھو اپنی دُھن میں چلا جارہا تھا۔ سامنے سے ایک ماہر شمشیر زن آرہا تھا۔ وہ بے خیالی میں شمشیر زن سے ٹکرا گیا۔ سادھو نے فوراً معافی مانگی۔ شمشیر زن بڑا تُند خُو تھا اُسے اپنی شمشیر زنی پر بڑا ناز تھا۔ اُس نے تنک کر کہا،"معافی وافی کچھ نہیں۔ یہاں دور دور تک لوگ میرا رعب کھاتے ہیں۔ تم نے بیچ راستے پر مجھ سے ٹکرانے کی جرأت کی ہے۔ اس بات کا فیصلہ یوں نہیں ہوگا۔ تمھیں مجھ سے مبارزت کرنا ہوگا۔ سادھو نے اُسے سمجھانے کی بہت کوشش کی مگر وہ نہیں مانا اور اگلے روز اُسے شمشیر زنی کے لیے للکار کر چلا گیا۔

زین سادھو بے چارہ چائے بنانے میں مہارت رکھتا تھا۔ تلوار بازی وغیرہ سے بالکل نابلد تھا۔ وہ اپنے ایک دوست کے پاس گیا جو شمشیر زنی کا ماہر تھا اور اُسے ساری بات بتادی۔ شمشیر زن نے کہا،"پریشانی کی کوئی بات نہیں۔ جب لڑائی شروع ہوجائے تو تم خیال کرنا کہ تمھاری تلوار چائے کی کیتلی ہے اور اُس جنگجو کی گردن خالی پیالہ۔ جیسے ہی پیالہ کیتلی کی ٹونٹی کے نیچے آئے اُس میں چائے ڈال دینا۔"

دوسرے دن شمشیر زن اور چائے کا ماہر زین سادھو تلوار لیے آمنے سامنے آگئے۔ زین سادھو نے تلوار ہاتھ میں لے کر اپنے دوست کی ہدایت کے مطابق تصور کیا کہ اُس کے ہاتھ میں تلوار نہیں چائے کی کیتلی ہے۔ وہ تلوار کو شمشیر زن کی طرف سیدھ میں کیے پلک جھپکائے بغیر اُس پر نظریں گاڑے تن کر کھڑا تھا۔ ایک دم چوکس اور مستعد شمشیر زن کو لگا سادھو کی نظریں اُس کے

آر پار ہوئی جا رہی ہیں۔ وہ کانپ گیا۔ اُس نے آج تک ایسا بے خوف اور نڈر شمشیر زن نہیں دیکھا تھا۔ اُس کے ہاتھ پاؤں ڈھیلے پڑ گئے۔ اُس پر ایسی گھبراہٹ طاری ہوئی کہ تلوار پھینک کر سادھو سے معافی مانگی اور میدان چھوڑ کر بھاگ گیا۔

■■

خودشناسی

ایک شخص زین سادھو کے پاس گیا اور بولا''میں اپنی ذات کے اصل روپ کو جاننا چاہتا ہوں۔''

سادھو نے کوئی جواب نہیں دیا۔اُس آدمی نے کئی باراُس سے کہا مگر سادھو ان سُنی کرتا رہا۔

تھک ہار کر وہ آدمی مُڑ کر جانے لگا، ابھی وہ چند قدم ہی چلا تھا کہ سادھو نے زور سے آواز دی۔

''سُنو!''

وہ آدمی چونک کر مُڑا۔

سادھو نے کہا''بس یہی ہے۔''

■■

آگہی

ایک زین گرو نے اُس کے چیلے سے پوچھا۔
"آگہی کیا ہے؟"
سادھو نے جواب دیا۔"جب بھوک لگے کھانا کھاؤ۔ جب نیند آئے سو جاؤ۔"

■■

آواز

ایک زین سادھو کا انتقال ہوگیا۔ اُس کے آشرم کے پاس ایک اندھا بوڑھا رہتا تھا۔ اُس نے مرنے والے کے تعزیتی جلسے میں کہا۔

''میں پیدائشی اندھا ہوں اس لیے لوگوں کے جذبات کو اُن کے چہرے سے نہیں آواز سے پہچانتا ہوں۔ عام طور پر میں جب کسی کو مبارکباد دیتے ہوئے سنتا ہوں تو اُس کی آواز میں پوشیدہ حسد کی گونج بھی مجھے سنائی دیتی ہے۔ جب کسی کو تسلّی دیتے ہوئے سُنتا ہوں تو اُن لفظوں میں پوشیدہ ریاکاری بھی مجھ پر عیاں ہو جاتی ہے۔ لیکن مرحوم کو میں نے جب بھی سُنا ہمیشہ اپنے جذبے کے تئیں صادق پایا۔

جب وہ کسی کو مبارک باد دیتا تو اندر سے باہر تک خوش ہوتا۔ جب دُکھ جتاتا تھا تو سچ مچ دُکھی ہوتا تھا۔

■■

بے خوف

ایک بستی پر فوج نے حملہ کر دیا۔ سرحد پر بستی کے سارے لوگ ڈر کر بھاگ گئے۔ صرف ایک زین مُنی اپنی کٹیا میں بیٹھا رہا۔ جب حملہ آور فوج وہاں پہنچی تو دیکھا کہ زین مُنی اپنی کٹیا کے باہر آرام سے بیٹھا ہے۔ فوج کے افسر کو اُس کی بے خوفی اور بے فکری پر بڑا تعجب ہوا۔ وہ سادھو کے سامنے ننگی تلوار لیے پہنچا اور کڑک کر بولا۔ ''جانتے ہو، میں ایسا آدمی ہوں جو پلک جھپکتے تمھارا سر گردن سے جُدا کر سکتا ہوں۔''

''کیا تم جانتے ہو!'' سادھو نے نہایت اطمینان سے کہا، ''کہ میں ایسا آدمی ہوں جس کا سر کوئی بھی پلک جھپکائے بنا گردن سے الگ کر سکتا ہے۔''

افسر کی سمجھ میں کچھ نہیں آیا اور وہ واپس چلا گیا۔

■■

نزاکت

چین کے زین سادھوؤں میں چائے سازی کو بھی ایک ہُنر تسلیم کیا جاتا تھا اور بعض زین سادھو ریاضت سے اس ہنر میں کمال حاصل کرتے تھے۔ ایسے ہی ایک سادھو سے اُس کے ایک چیلے نے پوچھا، ''ہمارے چائے کے پیالے اتنے نازک کیوں بنائے جاتے ہیں کہ ذرا سی ٹھیس لگتے ہی ٹوٹ جاتے ہیں؟''

سادھو نے جواب دیا، ''پیالے نازک نہیں ہوتے۔ اصل میں جن ہاتھوں سے یہ ٹوٹ جاتے ہیں وہ ہاتھ اُن کے عادی نہیں ہوتے۔''

■■

تیاری

گاؤں والوں نے ایک مشہور زین سادھو کو اپنے گاؤں میں مدعو کیا۔ سادھو نے دعوت قبول کرلی اور پیر کے روز آنے کا وعدہ کیا۔ گاؤں والے اتوار کے روز اُس کے اعزاز میں منعقد ہونے والے جلسے کی تیاری کر رہے تھے۔ اتنے میں سادھو وہاں آ گیا۔ گاؤں والوں کو تعجب ہوا، اُنھوں نے کہا۔

''آپ ایک دن پہلے کیسے آ گئے؟''

سادھو بولا، ''میرے آنے کی خوشی میں آپ لوگ جو تیاری کر رہے تھے میں بھی اُس خوشی میں شامل ہونا چاہتا تھا۔''

■■

بُدھ

ٹوکیو کے ایک قصبے میں دو زین سادھو رہتے تھے۔ایک کا نام انشو اور دوسرے کا تن جن تھا۔

انشو جو کھانے پینے میں بڑا محتاط اور اصولوں کا پابند تھا اور تن جن کسی بھی احتیاط اور پابندی سے انکاری تھا۔جب بھوک لگتی کھا لیتا اور جب نیند آتی سو جاتا۔

انشو چائے، کافی، تمباکو اور شراب وغیرہ سے کوسوں دور تھا، دن میں صرف ایک بار کھانا کھاتا باقی وقت دھیان سادھنا میں گزار دیتا۔

ایک دن انشو، تن جن سے ملنے اُس کے آشرم پہنچا وہاں وہ یہ دیکھ کر حیران رہ گیا کہ تن جن آرام سے بیٹھا شراب پی رہا ہے جب کہ بُدھ مت کا پیرو ہونے کے ناطے اُس پر شراب کا ایک قطرہ بھی حرام تھا۔

انشو کو دیکھ کر تن جن نے خوش دلی سے اُس کا استقبال کرتے ہوئے کہا، ’’آئیے برادر، تشریف رکھیے۔‘‘انشو بیٹھ چکا تو تن جن نے پوچھا’’آپ ایک آدھ پیگ لینا پسند کریں گے؟‘‘

’’تم جانتے ہو، میں شراب نہیں پیتا۔‘‘انشو نے خفگی سے کہا۔

تن جن بولا’’جو شراب نہیں پیتا وہ انسان نہیں۔‘‘

’’گویا تم یہ کہنا چاہتے ہو کہ میں شراب نہیں پیتا اس لیے میں انسان نہیں ہوں۔پھر میں کیا ہوں؟‘‘انشو نے پوچھا۔

’’تم بُدھ ہو...‘‘ تن جن نے اطمینان سے جواب دیا۔

■■

موت کا خوف

ایک نوجوان ڈاکٹر اپنے ایک پُرانے دوست سے ملنے گیا جو زین مُنی بن گیا تھا۔ دوران گفتگو نوجوان ڈاکٹر نے اپنے ساتھی سے پوچھا، ''زین کیا ہوتا ہے؟''

ساتھی نے کہا، ''یہ تو تمھیں میرے معلم ہی سمجھا سکتے ہیں۔ ویسے میں اتنا بتا سکتا ہوں کہ زین ایسی چیز ہے جو انسان کو موت کے خوف سے مبرا کر دیتی ہے۔''

نوجوان ڈاکٹر بولا، ''ٹھیک ہے میں ایسی چیز کے بارے میں ضرور جاننا چاہوں گا جو انسان کو موت کے خوف سے آزاد کر دیتی ہے۔ مجھے اپنے معلم کا پتہ دو۔''

پتالے کر وہ معلم سے ملنے چلا گیا۔ اُسے شک تھا کہ کوئی ایسی چیز ہو سکتی ہے جو انسان کو موت کے خوف سے بری کر دے۔ اُس نے معلم کا امتحان لینے کی ٹھانی اور اپنے کرتے کے نیچے ایک تیز خنجر چھپا لیا۔ جب وہ معلم کے پاس پہنچا تو معلم اُسے دیکھتے ہی اُچھل کر کھڑے ہو گئے اور چلاتے ہوئے باہیں پھیلا کر اُس کی طرف لپکے۔

''ارے آؤ! کتنے سال بعد تمھیں میری یاد آئی۔ کہو کیسے ہو؟''

نوجوان ڈاکٹر اُن کے اس پُر جوش استقبال سے تذبذب میں پڑ گیا۔ محبت کرنے والے شخص کو بھلا کوئی خنجر سے کہیں ڈرا سکتا ہے۔ اُس نے معلم سے کہا، ''معاف کیجیے، میں تو پہلی بار آپ سے مل رہا ہوں۔''

''سچ ہے...'' معلم نے قریب آتے ہوئے کہا۔

''لیکن تمھیں دیکھ کر مجھے اپنا ایک پُرانا چیلا یاد آ گیا۔ وہ بالکل تمھارے جیسا تھا، اب جب کہ تم مجھے اپنے عزیز شاگرد کی طرح لگ رہے ہو تو تم بھی مجھے اتنے ہی عزیز ہو۔''

نوجوان ڈاکٹر معلم کے آشرم میں رُک گیا۔ دو دن بعد اُس نے معلم سے کہا، ''میں آپ سے

زین کا درس لینا چاہتا ہوں۔''

معلم نے کہا،''زین بہت آسان ہے۔تم ایک ڈاکٹر ہو۔پورے لگن اور خلوص سے لوگوں کی خدمت کرو۔یہی زین ہے۔''

ڈاکٹر نے کہا،''یہ تو میں بھی جانتا ہوں کہ میرا فرض کیا ہے اور اُسے کیسے ادا کرنا چاہیے۔میں تو آپ سے زین کا راز جاننا چاہتا ہوں۔''

معلم بولا،''زین اتنا ہی ہے۔''

نوجوان معالج بڑا مایوس ہوا۔کچھ دنوں بعد اُس نے معلم سے پھر اصرار کیا۔مگر معلم کا جواب وہی تھا۔جب معالج بار بار اصرار کرنے لگا تو معلم نے کہا،''ٹھیک ہے۔تم ایک اچھے معالج ہو۔تمھیں یہاں اپنا وقت خراب کرنے کی بجائے مریضوں کا علاج کرنا چاہیے۔ساتھ ہی میں تمھیں ایک ترکیب بتاتا ہوں جو تمھیں زین کے مشق میں مدد دے گی۔''

معلم نے اُسے مہا گرو جوشو کی ایک (اُلٹی بانسی) ان بوجھ پہیلی دی اور کہا''خالی وقت میں اِس پر غور کرنا۔''

اُس پہیلی کو لے کر نوجوان معالج لوٹ آیا اور دوبارہ اپنے مطب میں بیٹھ کر مریضوں کا علاج کرنے لگا، فرصت کے وقت میں اُس پہیلی پر غور کرتا رہتا۔دو سال بیت گئے۔معالج نے محسوس کیا وہ اس پہیلی کو کچھ کچھ سمجھنے لگا ہے۔وہ معلم کے پاس گیا۔معلم سے بات کی۔معلم نے کہا، ''نہیں...تمھیں ابھی اور جاننا باقی ہے۔''

دو سال اور بیت گئے۔معالج کے دماغ سے غبار چھٹنے لگا۔تذبذب اور بے یقینی کی کیفیت ختم ہونے لگی اور وہ پوری دلجمعی اور خلوص سے مریضوں کی خدمت کرنے لگا۔اُسے موت کا ڈر اور زندگی کی چاہت جیسی باتیں بے معنی معلوم ہونے لگیں۔

ایک دن اُسے معلّم کا خیال آیا، وہ اُس سے ملنے پہنچا۔جوں ہی معلّم کی نظر اُس پر پڑی معلم مسکرا دیا۔ ■■

جنت دوزخ

ایک دن ریاست کا سپہ سالار زین مُنی سے ملنے گیا۔ اُس نے سادھو سے پوچھا، ''کیا آپ بتا سکتے ہیں کہ جنت اور دوزخ کیسے ہوتے ہیں؟''

''تم کون ہو؟'' زین مُنی نے اُس سے پوچھا۔

''میں ریاست کا سپہ سالار ہوں۔'' سپہ سالار نے قدرے نخوت سے کہا۔

''شکل سے تو بھک منگے معلوم ہوتے ہو۔'' مُنی نے جواب دیا۔

غصّے سے سپہ سالار کا چہرہ سُرخ ہو گیا اور اُس کا ہاتھ تلوار کے قبضے پر چلا گیا۔

سادھو نے کہا، ''لو... دوزخ کا دروازہ کھل گیا۔''

اچانک سپہ سالار کو اپنی غلطی کا احساس ہوا اور اُس نے جھک کر سادھو سے معافی مانگ لی۔

سادھو بولا، ''ارے، دیکھو... اب جنت کا دروازہ کھل گیا ہے۔''

■■

ایک ہاتھ کی تالی

کسی زین آشرم میں ایک بارہ برس کا لڑکا بھی رہتا تھا۔ وہ دیکھتا کہ آشرم کے سادھو روزانہ بڑے مُنی کے پاس جاتے ہیں جو گروجی کہلاتے تھے اور گروجی اُنھیں زین دھیان سادھنا کی ترکیب بتاتے اور خواہشات پر قابو پانے کے عجیب وغریب طریقے بتاتے ہیں۔ ایک دن وہ بھی گرو کے پاس پہنچا اور بولا، ''مجھے بھی زین کی تعلیم دیجیے۔''

گرو نے اُسے سمجھایا کہ وہ زین سادھنا کے لیے ابھی چھوٹا ہے۔ اُسے پہلے زین کے اصولوں کی پڑھائی کرنی چاہیے۔ زین سادھنا کے لیے ابھی وہ تیار نہیں ہے، لیکن وہ لڑکا ضد پر اڑا رہا۔

گرو نے کہا، ''ٹھیک ہے۔'' اور زور سے تالی بجائی اور بولے۔

''دیکھو، یہ دو ہاتھوں کی تالی کی آواز ہے۔ اب جا کر ایک ہاتھ کی تالی کی آواز ڈھونڈو۔''

لڑکے نے سوچا اگر ایک ہاتھ کی تالی کی آواز زین ہے تو یقیناً وہ بڑی ہی سُریلی اور نرالی آواز ہوگی۔ وہ رات دن ایک ہاتھ کی تالی کی آواز ڈھونڈنے میں جُٹ گیا۔

ایک دن وہ پاس کے جنگل میں سونی جگہ بیٹھا تھا۔ ہلکی ہلکی ہوا پتوں میں سرسرا ہی تھی۔ اچانک اُسے لگا کہ اس سرسراہٹ میں جو سکون ہے وہی ایک ہاتھ کی تالی کی آواز ہو سکتی ہے۔ وہ بھاگ کر گرو کے پاس پہنچا اور اپنی سانسوں پر قابو پاتے ہوئے بولا، گروجی دیکھیے مجھے ایک ہاتھ کی تالی کی آواز مل گئی ہے اور منہ سے پتوں کی سرسراہٹ جیسی آواز نکالی۔

گرو نے کہا، ''نہیں۔ یہ تو دھیمی ہوا میں پتوں کی سرسراہٹ کی آواز ہے۔ ایک ہاتھ کی تالی

کی آواز نہیں ہے اور ڈھونڈو۔

کچھ مہینے اور بیت گئے۔لڑکے کا دھیان پوری طرح اپنے کانوں پر لگا رہتا۔وہ معمولی سے معمولی آواز کو بھی گہرائی سے پکڑتا اور اُس پر غور کرتا۔وہ کئی بار گرو کے پاس گیا لیکن گرو ہر بار لوٹا دیتا۔

”نہیں، یہ تو دور کہیں بہتے ہوئے چھوٹے سے پہاڑی جھرنے کی آواز ہے۔“

”نہیں، یہ تو ندی میں مچھلی کے تیرنے کی آواز ہے۔“

”نہیں، یہ تو تتلی کے پروں کے پھڑ پھڑانے کی آواز ہے۔“

”نہیں، یہ تو موم بتی کی لَو کے کانپنے کی آواز ہے۔“

وقت گزرتا گیا۔وہ لڑکا اب اٹھارہ برس کا ہو گیا۔ایک دن وہ گرو کے پاس آ کر چپ چاپ بیٹھ گیا۔اُس نے آنکھیں بند کر لیں اور گہرے مراقبے میں چلا گیا۔

گروجی دھیرے سے مسکرائے، وہ کچھ نہیں بولے۔

کیوں کہ بولنے سے ایک ہاتھ کی تالی کی آواز میں خلل پڑ سکتا تھا۔

■■

تین دن

ایک زین مُنی کے پاس اُس کا ایک چیلا چار سال سے دھیان سادھنا کر رہا تھا۔ ایک دن اُس نے گرو سے کہا۔"گرو جی! میں چار سال سے رات دن دھیان سادھنا میں لگا رہتا ہوں مگر مجھے ابھی تک گیان نہیں ملا۔ ایسا کیوں؟"

گرو نے کہا،"ٹھیک ہے۔ میں تمھیں دھیان کا ایک نیا طریقہ سکھاتا ہوں تین مہینے تک خوب ریاض کرو۔"

گرو نے اُسے دھیان کرنے کی نئی ترکیب بتائی۔ وہ تین مہینے تک اُس ترکیب پر عمل کرتا رہا مگر کچھ نہیں ہوا۔ وہ تین مہینے بعد گرو کے پاس پھر پہنچا اور مایوس ہو کر بولا"میں نے آپ کی نئی ترکیب آزمائی تین مہینے ہو گئے پھر بھی کچھ نہیں ہوا۔ گرو جی، آخر مجھے گیان کب ملے گا۔ میں کیا کروں؟"

اُس کے دل میں گرو کے تعلق سے بدگمانی بھی پیدا ہو رہی تھی۔

گرو نے پھر ایک نئی ترکیب بتائی اور بولا"پانچ دن تک اس پر عمل کرو۔ گیان ہو جائے گا۔"

چیلے نے پانچ دن تک وہ دھیان بھی کر لیا۔ نتیجہ پھر بھی صفر۔ وہ مایوس ہو کر آشرم سے جانے لگا۔ گرو نے کہا،"دیکھو! اب ایک آخری ترکیب ہے۔ تین دن تک اس کے مطابق عمل کرو، اس کے بعد اگر گیان نہ ملے تو خودکشی کر لینا۔" مایوس چیلے کو گرو کا فیصلہ بُرا لگا۔

پھر اُس نے سوچا بات تو صحیح ہے۔ لاعلمی کی زندگی سے مر جانا ہی بہتر ہے۔ چلو آخری کوشش کر کے دیکھتے ہیں۔

وہ دھیان میں بیٹھ گیا اور دوسرے دن اُسے گیان حاصل ہو گیا۔

■■

بھکاری

ایک مشہور زین سادھو کے آشرم میں طلبہ کی تعداد اتنی ہوگئی کہ اُس کے لیے آشرم کا انتظام سنبھالنا مشکل ہوگیا۔ اُس نے محسوس کیا کہ آشرم کے انتظامی امور میں اُس کا خاصا وقت ضائع ہو جاتا ہے اور وہ اپنی ریاضت کے لیے مناسب وقت نہیں نکال پاتا۔

ایک دن اُس نے تمام طلبہ کو بُلایا اور کہا کہ وہ کل سے آشرم بند کر رہا ہے اس لیے وہ سب کسی دوسرے آشرم میں داخلہ لے لیں۔ طلبہ دوسرے آشرم میں چلے گئے اور وہ آشرم بند کر کے کہیں چلا گیا۔

چند مہینوں بعد ایک دن اُس کے ایک چیلے نے دیکھا کہ وہ گرو شہر کے بھکاریوں کے ساتھ ایک پُل کے نیچے رہ رہا ہے۔ وہ گرو کے پاس گیا اور اُس سے درخواست کی کہ اُسے 'گیان' دیں۔ گرو نے کہا، ''تم دو سال تک میرے ساتھ رہو۔ تمھیں گیان مل جائے گا۔''

چیلا مان گیا اور وہ بھی اُسی پُل کے نیچے بھکاریوں کے ساتھ رہنے لگا۔

وہ دن بھر گرو کے ساتھ بھیک مانگتا بعد میں دونوں صبح و شام مراقبے میں بیٹھ جاتے۔ چیلے کو بھیک مانگنا عجیب لگتا تھا۔ اُسے شرم بھی آتی تھی مگر 'گیان' حاصل کرنے کی آرزو میں چپ رہتا۔ ایک دن وہ شام کو جب لوٹے تو دیکھا کہ اُن کے ساتھ والا بھکاری مر گیا۔ گرو چیلے نے مل کر اُس کی میت اُٹھائی اور قریب کی ٹیکری کے دامن میں لے جا کر دفنا دیا۔ لوٹ کر گرو نے دن بھر مانگی ہوئی بھیک کا کھانا کھایا اور سو گیا۔ چیلا اپنے ساتھی بھکاری کی موت سے اتنا مضطرب تھا کہ اُس سے نہ کچھ کھایا گیا اور نہ وہ رات بھر نہ سو سکا۔

صبح اُٹھ کر گرو نے کہا، ''آج ہمیں بھیک مانگنے کی ضرورت نہیں ہے کیوں کہ کل تم نے کھانا کھایا نہیں تھا اور مرنے والے بھکاری کی بھیک کا کھانا بھی جوں کا توں رکھا ہے۔ آج ہم دونوں

کا کام اُسی کھانے سے چل جائے گا۔"

مرے ہوئے بھکاری کا کھانا کھانے کے تصور سے چیلے کو متلی ہونے لگی۔

گرو نے جب اُس کا یہ حال دیکھا تو بولا، "تم دو سال تک میرے ساتھ نہیں رہ سکتے۔ تمھارا مزاج ابھی 'گیان' کے لیے تیار نہیں ہے۔ بہتر ہے تم واپس چلے جاؤ۔"

■■

تیسرا راستہ

اپنے زمانے کا ایک بڑا عالم ایک زین سادھو سے ملا۔ زین سادھو نے عالم سے پوچھا،”کیا میں آپ کی کوئی مدد کر سکتا ہوں؟“

عالم بولا،”میں اکیلا آیا تھا۔ اکیلا ہی جاؤں گا۔ آپ اس میں میری کیا مدد کر سکتے ہیں؟“

زین سادھو بولا،”میں آپ کو وہ راستہ بتا سکتا ہوں جو نہ کہیں جاتا ہے نہ کہیں سے آتا ہے۔“

عالم زین سادھو کا شاگرد بن گیا۔

■■

خزانہ

ایک نوجوان، ایک زین سادھو سے ملنے گیا۔

سادھو نے آنے کی وجہ پوچھی۔

نوجوان بولا،''میں 'گیان' پانا چاہتا ہوں۔''

سادھو بولا،''تمھارے پاس اتنا بڑا خزانہ ہے پھر بھی تم بھکاریوں کی طرح بھیک مانگتے پھر رہے ہو؟''

نوجوان نے حیران ہوتے ہوئے پوچھا،''آپ کس خزانے کی بات کر رہے ہیں؟ میرے پاس کون سا خزانہ ہے؟''

سادھو نے کہا،''تمھارا یہ سوال ہی تمھارا خزانہ ہے؟''

کہتے ہیں اُس کے بعد نوجوان کو گیان مل گیا۔

■■

تفہیم

ایک مرتبہ کسی جاننے والے نے ایک زین سادھو سے پوچھا۔

''کیا زین کا مطلب یہی ہے کہ ہمارا دل خود بُدھ کے عرفان سے لبریز ہو جائے۔''

سادھو نے کہا،''اگر میں کہوں گا ہاں تو تم سمجھو گے تم ایسی بات سمجھ گئے ہو جو اصل میں تم نہیں سمجھے۔ اگر میں نہیں کہوں گا تو اُس صداقت کا بطلان کروں گا جو شاید کسی دن تمہارے سمجھ میں آجائے گی۔''

■■

چور

ایک زین سادھو مراقبے میں بیٹھا تھا۔ رات کا وقت تھا۔ ایک چور اُس کے گھر میں گھسا۔ سادھو نے اُسے دیکھ لیا۔ چور گھبرا گیا مگر سنبھل کر بولا۔

''تمھارے پاس جو کچھ روپیہ پیسہ ہے مجھے دے دو ورنہ جان سے مار دوں گا۔''

سادھو نے اُسے ڈانٹتے ہوئے کہا، ''مجھے بے کار پریشان مت کرو۔ روپے پیسے اُس الماری میں ہیں۔ جو لینا ہے لے لو اور چپ چاپ نکل جاؤ۔''

چور نے الماری کھولی اور اُس میں رکھے ہوئے روپے پیسے لیے۔ سادھو نے اُسے پھر ڈانٹا۔ تمام روپے مت لینا، اُن میں کچھ پیسے دوسروں کے بھی ہیں۔''

کچھ گھبراتے، کچھ شرماتے ہوئے چور نے کچھ پیسے واپس رکھ دیے۔

سادھو اُسی طرح آنکھیں بند کیے سادھنا میں مگن تھا۔ چور پیسے لے کر دبے پاؤں جانے لگا۔ اُسے پھر سادھو کی ڈانٹ سنائی دی۔

''تم کیسے آدمی ہو، تم میں ذرا بھی سلیقہ نہیں۔ جب کوئی کچھ دے تو اُس کا شکریہ ادا کرنا چاہیے۔ تم نے میرا شکریہ تک ادا نہیں کیا۔''

''شکریہ۔'' بڑی مشکل سے چور کے منہ سے نکل اور وہ وہاں سے بھاگ گیا۔ دو روز کے بعد اتفاق سے وہ چور پکڑا گیا۔ تھانے میں پولیس نے اُس سے ساری باتیں اُگلوالیں اور اُسے لیے ہوئے سادھو کے پاس پہنچے اور سادھو سے کہا، ''اِس نے آپ کا مال چرایا ہے آپ اس کے خلاف مقدمہ درج کروایے۔''

سادھو نے معصومیت سے کہا، ''اس نے تو میرا کچھ بھی نہیں چُرایا پھر مقدمہ کیسا؟''

''مگر یہ مال تو آپ ہی کا ہے نا...''

''ہاں... مگر یہ روپے خود میں نے اُسے دیے تھے۔ اُس نے پیسے لینے کے بعد میرا شکریہ بھی ادا کیا تھا۔''

''دوسروں کے مسروقہ مال کے لیے چور کو چھے ماہ کی جیل ہوئی۔ سزا پوری کرنے کے بعد وہ چور سیدھے زین سادھو کے پاس آیا اور اُس کا چیلا ہو گیا۔ آگے چل کر وہ خود بھی ایک بڑا زین سادھو بن گیا۔

■■

صحیح اور غلط

ایک زین آشرم میں ایک بار کسی سادھو کی کوئی چیز چوری ہوگئی۔ جانچ پڑتال میں چور کا پتا بھی مل گیا۔ وہ گُرو کا ایک نیا چیلا تھا۔ دوسرے شاگردوں نے سوچا گُرو اُسے آشرم سے نکال دیں گے، لیکن گُرو جی نے کچھ نہیں کیا۔ کچھ دن بعد وہی چیلا پھر سے کچھ چراتے ہوئے رنگے ہاتھوں پکڑا گیا۔ گرو جی کے سامنے اُس کی پیشی ہوئی لیکن گرو جی نے کہا، ''چھوڑ دو... سُدھر جائے گا۔''

آشرم کے دوسرے شاگرد خفا ہوئے اور بولے، ''گرو جی، یہ دو بار چوری کرتے ہوئے پکڑا گیا ہے اِسے آشرم سے نکال دینا چاہیے ورنہ آشرم بدنام ہو جائے گا۔''

گرو جی نے کہا، ''تم سب سمجھ دار ہو، اچھے بُرے کا فرق سمجھتے ہو۔ اگر میں تم میں سے کسی کو آشرم سے نکال بھی دوں تو تم دھیان سادھنا کے راستے پر چلتے رہو گے لیکن یہ بے چارا اتنا نا سمجھ ہے کہ اِسے صحیح غلط کا فرق تک معلوم نہیں۔ اِسے تو سب سے زیادہ سکھانے کی ضرورت ہے۔ اِسے کیسے نکال دوں۔''

یہ سن کر سب شاگرد چپ ہوگئے۔ چوری کرنے والا شاگرد زارو قطار رونے لگا۔ وہ پچھتاوے کے سچے آنسو تھے۔ اُس کا دل پاک ہو چکا تھا اور وہ صحیح غلط کے فرق کو اچھی طرح سمجھ گیا۔ اُس دن کے بعد سے اُس نے ایسی سادھنا کی کہ ایک مثالی زین سادھو بن گیا۔

■■

تناسب

ایک زین سادھو اپنے کمرے کی دیوار پر تصور ٹانگنے کے لیے ایک کھونٹی لگوانا چاہتا تھا۔ اُس نے ایک بڑھئی کو بلایا اور اُسے دیوار پر ایک کھونٹی لگانے کے لیے کہا۔

بڑھئی سیڑھی پر چڑھا اور جہاں سادھو نے کہا تھا وہاں نشان لگانے ہی والا تھا کہ سادھو نے کہا،''نہیں تھوڑا اوپر۔''

بڑھئی نے تھوڑا اوپر اُنگلی رکھ کر سادھو کی طرف دیکھا۔

سادھو بولا،''اتنا نہیں، کچھ نیچے۔''

بڑھئی تھوڑا نیچے نشان لگانے لگا تو سادھو نے پھر ٹوکا۔''نہیں تھوڑا بائیں... ہاں بس... ذرا سا دائیں...'' ایک دم صحیح جگہ پہنچنے میں کافی وقت لگ گیا۔ بڑھئی چڑ گیا۔ اُس نے سادھو کی بتائی ہوئی صحیح جگہ پر ایک موہوم سا نقطہ لگایا اور سیڑھی سے پھسلنے کا بہانہ کیا، بولا۔

''مجھے چوٹ آئی ہے، میں آج کام نہیں کر سکتا۔ کل کروں گا۔''

اگلے دن بڑھئی آیا اور بولا،''ہاں اب ذرا پھر سے بتائیے کہ کہاں کھونٹی لگانا ہے۔'' وہ سیڑھی پر چڑھا۔ زین سادھو اُسے بتانے لگا۔

بڑھی سادھو کو دق کرنے کے لیے جان بوجھ کر پچھلے دن سے زیادہ غلطیاں کرنے لگا۔ بالآخر دو گھنٹے بعد سادھو بولا،''ہاں، یہ ٹھیک ہے۔ یہیں لگا دو۔''

یہ دیکھ کر بڑھئی کو بڑا تعجب ہوا کہ وہ بالکل وہی جگہ تھی جہاں پچھلے دن بڑھئی نے ہلکا سا نشان لگایا تھا اور جس کا علم سادھو کو بالکل نہیں تھا۔

■■

شکریہ

ایک زین سادھو کے کئی شاگرد تھے۔ اُس کا بیان سننے کے لیے دور دور سے لوگ آتے تھے۔ بھیڑ اتنی ہونے لگی کہ اُس کا آشرم چھوٹا پڑنے لگا۔ ایک امیر سوداگر نے سوچا کہ وہ اُس کے لیے ایک نیا بڑا آشرم بنادے گا۔ اُس نے ایک تھیلی میں پانچ سو سونے کی اشرفیاں بھریں اور سادھو کے پاس پہنچا اور بولا ''یہ پانچ سو اشرفیاں آپ کی نذر ہیں تاکہ آپ ایک نیا آشرم بنا سکیں۔''

''ٹھیک ہے۔ رکھ دو۔'' سادھو نے بے نیازی سے کہا۔ سوداگر کو عجیب لگا۔ اُس زمانے میں تین چار سونے کی اشرفیاں ایک غریب خاندان کا سال بھر کا خرچ ہوا کرتا تھا اور سادھو نے پانچ سو سونے کے سکّے لے کر بھی کسی خوشی کا اظہار نہیں کیا۔

تاجر بولا ''گروجی! تھیلی میں سونے کے سکّے ہیں۔''

''ہاں تم نے بتایا تھا اور میں نے سُن لیا۔'' سادھو نے اُسی لاتعلقی سے کہا۔

''پانچ سو۔'' تاجر نے زور دے کر کہا۔

''ہاں بھئی پانچ سو۔''

''بڑی رقم ہے گروجی!'' تاجر نے اس اُمید میں کہا کہ سادھو اُس کی سخاوت کو سمجھے اور اُس کا شکریہ ادا کرے۔

سادھو کچھ لمحے خاموش رہا پھر بولا ''ہاں، سچ مچ بڑی رقم ہے لیکن معاف کرنا، تم بڑے احسان فراموش ہو۔ اتنی بڑی رقم قبول کرنے کے عوض تم نے میرا شکریہ تک ادا نہیں کیا۔''

■■

مزاج

ایک شخص ایک زین سادھو کے پاس گیا اور بولا، ''گروجی! میرا مزاج بڑا تیز ہے۔ اپنے مزاج کو قابو میں کرنے کی کوئی تدبیر بتائیے۔''

سادھو نے کہا، ''ارے واہ! یہ تو نئی چیز ہے۔ میں نے آج تک کسی تیز مزاج شخص کو نہیں دیکھا۔ ذرا دکھاؤ تو کیسا ہوتا ہے تیز مزاج؟''

اُس شخص نے کہا، ''لیکن وہ تو اچانک سرزد ہو جاتا ہے، وہ میرے اختیار میں تھوڑے ہی ہے۔''

''اوہو....'' سادھو نے کہا، ''اگر وہ ہمیشہ نہیں ہے تو تمھارا مزاج نہیں ہے۔ کسی وجہ سے تم نے اُسے باہر سے اوڑھ رکھا ہے، ہمیشہ اس بات کا خیال رکھنا بس۔''

■■

سر کا بوجھ

دو عالم، اس بات پر بحث کر رہے تھے کہ 'حقیقت' کیا ہے؟

ایک زین سادھو اُنھیں بہت دیر سے دیکھ رہا تھا، آخر کافی بحث کے بعد اُن میں سے ایک اپنی بات منوانے میں کامیاب ہو گیا۔

زین سادھو نے اُس سے کہا، ''جناب! آپ بڑے عالم ہیں، ایک سوال مجھے بہت پریشان کیے ہوئے ہے، براہِ کرم جواب دے کر میری تسلّی کریں۔''

عالم نے کہا، ''پوچھو، کیا پوچھنا ہے؟''

سادھو نے کہا، ''یہ بھاری پتھر جو سامنے پڑا ہے، یہ باہر ہے یا میرے ذہن میں ہے۔''

عالم نے عالمانہ انداز میں اپنی بات رکھی۔ ''بھگوان بُدھ نے کہا ہے جو کچھ تمھیں باہر دکھائی دیتا ہے، وہ تمھارے باطن ہی کا عکس ہے۔ لہٰذا بظاہر ہمیں نظر آنے والا یہ پتھر بھی اصل میں ہمارے ذہن میں موجود ہے۔''

سادھو نے کہا، ''سمجھ میں نہیں آتا۔ آپ سر پر اتنا بھاری بوجھ لادے کیوں پھر رہے ہیں۔''

■■

روشنی

ایک اندھا اپنے دوست سے ملنے گیا۔ واپسی میں رات ہوگئی۔ دوست نے کہا،''اندھیرا ہوگیا ہے تم یہ لالٹین لے جاؤ۔''

اندھے نے ہنس کر کہا،''مجھے لالٹین کی کیا ضرورت؟ میرے لیے تو اندھیرا اُجالا ایک جیسا ہے۔''

دوست نے کہا،''بھئی، یہ لالٹین اُن آنکھ والوں کے لیے ہے جو اندھیرے میں تم سے ٹکرا سکتے ہیں۔''

اندھا مان گیا، لالٹین لے کر نکلا۔ تھوڑی دور گیا تھا کہ ایک آدمی سے ٹکرا گیا۔ اُس نے کہا، ''ارے، کیا تم بھی اندھے ہو؟ میری لالٹین نظر نہیں آئی؟''

''میں اندھا تو نہیں ہوں... ٹکرانے والا بولا،''لیکن تمھاری لالٹین ہوا سے بجھ چکی ہے۔''

■■

جواب

دو زین آشرم پاس پاس تھے۔ دونوں میں قدرے رقابت کا جذبہ بھی تھا۔ ایک دن، ایک آشرم کا طالب علم سبزی خریدنے جارہا تھا، اُس وقت دوسرے آشرم کا طالب علم بھی سبزی خریدنے نکلا۔ پہلے نے دوسرے سے پوچھا ''کہاں جارہے ہو؟''

''جہاں پاؤں لے کر جائیں گے وہاں۔'' دوسرے نے جواب دیا۔

پہلے کو جواب نہیں سوجھا۔ لوٹنے کے بعد اُس نے اپنے گرو کو یہ بات بتائی۔

گرو نے کہا ''کل پھر پوچھنا اور کہنا اگر پاؤں نہ ہوں تو کہاں پہنچو گے؟''

دوسرے دن بازار کے راستے پر پھر دونوں کی ملاقات ہوئی۔

پہلے نے پوچھا ''کہاں جارہے ہو؟''

''جہاں ہوا کا رُخ ہو۔'' دوسرا بولا۔

پہلا پھر لاجواب ہوگیا۔ لوٹ کر اُس نے گرو جی کو بتایا۔

گرو جی نے کہا ''کل پھر پوچھنا۔ ہوا نہ ہو تو کہاں پہنچو گے۔''

طالب علم سمجھ گیا کہ کس طرح دوسرے کے جواب پر پلٹ کر سوال کرنا ہے۔

تیسرے دن وہ تیار تھا۔ سڑک پر دوسرا آتا دکھائی دیا۔ پہلے نے بڑی ترنگ میں پوچھا، ''کہاں جارہے ہو؟''

دوسرا بولا ''سبزی خریدنے بازار جارہا ہوں۔'' اور آگے بڑھ گیا۔

■■

محافظ

ایک دفعہ فوج کا ایک دستہ ایک آشرم میں پہنچا۔

آشرم کے گرو نے اُن کا استقبال کیا اور اُن کے قیام کا معقول بندوبست کروایا۔ رات کو کھانے کے وقت سپاہیوں کو اُمید تھی کہ کچھ عمدہ کھانا ملے گا لیکن کھانے میں وہی اُبلا چاول تھا جو آشرم کے لوگ کھاتے تھے۔

فوجی افسر نے قدرے خفگی سے کہا، ''گرو جی! آپ کیا سمجھتے ہیں، ہم لوگ ایسا اُبلا چاول کھا کر ملک کی حفاظت کر سکیں گے؟''

گرو نے جواب دیا، ''کیوں نہیں۔ آخر ہم لوگ بھی تو یہی چاول کھا کر انسانیت کی حفاظت کر رہے ہیں۔''

■■

لافنگ بُدھ

چین میں تنگ نسل کی حکومت کے زمانے میں ایک مشہور زین عابد ہو گزرے ہیں۔ اُن کا نام 'ہوتی' تھا۔

وہ کبھی اپنے آپ کو عارف کامل نہیں کہتے تھے اور نہ کسی کو اپنا شاگرد بناتے تھے۔ اُن کا کوئی آشرم بھی نہیں تھا، وہ ایک بڑا سا تھیلا پیٹھ پر لادے خوش مزاجی کے ساتھ گھومتے پھرتے رہتے۔ جب کوئی احتراماً اُنھیں سلام کرتا تو ہنستے ہوئے ہاتھ پھیلا کر کہتے، ''لاؤ۔ ایک پیسہ نکالو۔''

اکثر لوگ اُنھیں پیسے، کپڑے، مٹھائیاں اور کھانے کا سامان دے دیتے۔ جسے وہ اپنے تھیلے میں بھر لیتے اور پھر گھومتے پھرتے سڑک پر کھیلتے بچوں اور غریبوں میں سارا سامان بانٹ دیتے۔

وہ اتنے مقبول اور مشہور تھے کہ اُنھیں چیزیں دینے والوں کی کمی نہیں تھی اور اُن کا تھیلا کبھی خالی نہ رہتا۔

ہمیشہ مست رہنا اور ہنسنا ہنسانا ہی اُن کا خاصہ تھا۔

ایک بار کسی نے اُن سے پوچھا، ''زین کی عظمت کیا ہے؟''

'ہوتی' ایک دم سنجیدہ ہو گئے۔ تھیلا دھپ سے زمین پر رکھ دیا اور وہیں پھسکڑا مار کر ساکت بیٹھ گئے۔

پوچھنے والے کو جواب مل گیا۔ پھر اُس نے اگلا سوال پوچھا، ''اور زین کا حاصل کیا ہے؟''

'ہوتی' اُچھل کر کھڑے ہو گئے اور تھیلا اُٹھا کر پیٹھ پر لادا اور ہنستے ہوئے اپنے راستے پر چل پڑے۔

پس نوشت:

چین میں ازمنہ وسطیٰ سے 'ہوتی' کو 'ہنستا بدھ' کہا جاتا ہے اور اُن کی ہنستی ہوئی مورتی کو گھر میں رکھنا نیک شگون سمجھا جاتا ہے۔

یہ مورتیاں 'ہنستا بدھ یا لافنگ بدھ کے نام سے دُنیا بھر میں مشہور ہیں۔

■■

ملنے والا

جاپان کے ایک صوبے ’کیوتو‘ میں ’کیچو‘ نام کے ایک زین عالم تھے۔ جو توفوکو مٹھ کے سربراہ تھے۔ ایک دن ’کیوتو‘ کا گورنر کیتا گاکی اُن سے ملنے آیا جس کا حال ہی میں تقرر ہوا تھا۔ مٹھ کے دروازے پر پہنچ کر گورنر نے اپنا خادم اندر بھیجا۔

خادم نے اندر پہنچ کر کیچو سے کہا۔

”کیوتو کے عزت مآب گورنر آپ سے ملنے آئے ہیں۔“

کیچو نے معصومیت سے کہا،”مگر مجھے تو گورنر سے کوئی کام نہیں ہے اور نہ تو میں گورنر کے کسی کام کا ہوں۔ اُنھیں واپس بھیج دو۔“

کیچو کا جواب سُن کر خادم گھبرا گیا اور لوٹ کر ڈرتے ڈرتے گورنر کو ساری بات بتادی۔

گورنر سیانا تھا، اُس نے اپنے خادموں کو وہیں رُکنے کو کہا اور خود ننگے پاؤں اندر گیا اور کیچو کی کٹیا کے باہر دروازے پر کھڑے ہو کر اُس نے آواز لگائی،”میں کیتا گاکی ہوں۔ آپ سے ملنا چاہتا ہوں۔“

”کیتا گاکی؟“ کیچو نے کہا،”باہر کیوں رُک گئے۔ اندر آجاؤ بھائی۔“

■■

سچی خوشی

ایک زین عابد کے پاس اُس کا ایک ارادت مند آیا اور اپنی بیوی کا دُکھڑا سنانے لگا، ”میری بیوی نہایت کنجوس اور اپنے اصولوں کی سخت پابند ہے۔ اُس کے اصولوں اور پابندیوں سے میں تنگ آ گیا ہوں۔“

عابد نے اُسے تسلّی دی اور دوسرے دن اُس کی بیوی کو بلوا بھیجا۔ اُس کی بیوی بھی عابد کی معتقد تھی۔ عابد نے اپنی مٹھی کو کس کر بند کیا اور کہا، ”اگر میرا ہاتھ ہمیشہ کے لیے ایسا ہی ہو جائے تو تم کیا کہو گی؟“

بیوی نے حیران ہو کر کہا، ”یہی کہوں گی کہ آپ کا ہاتھ خراب ہو گیا ہے۔“

پھر عابد نے مٹھی کو کھول کر اُنگلیوں کو پھیلا دیا اور بولا، ”اگر ہمیشہ کے لیے ہاتھ ایسا کھلا رہے اور اُنگلیاں نہ مُڑیں تو؟“

”تب بھی ہاتھ خراب ہی کہا جائے گا۔“ عورت نے کہا۔

عابد نے مسکرا کر ہوا میں مٹھی کو کھولتے بند کرتے، اُنگلیوں کو لہراتے نچاتے ہوئے کہا، ”یاد رکھو، ازدواجی زندگی کی سچی خوشی کا راز یہ ہے۔“ عورت نے زین عابد کے پاؤں چھوئے اور بولی، ”میں سمجھ گئی۔ آپ مہان ہیں۔“

عورت نے میاں کا ہاتھ پکڑا اور دونوں ہنسی خوشی گھر لوٹے۔

■■

شونیہ

بُدھ کے ایک پیروکار سُبھوتی ' ایک درخت کے نیچے بیٹھے عبادت میں ڈوبے تھے۔ شونیہ کا دھیان کرتے ہوئے وہ شونیہ کی گہرائی میں اُترتے جا رہے تھے، اچانک چاروں طرف پھول برسنے لگے۔

دیوتاؤں نے سُبھوتی کے کانوں میں کہا ''شونیہ میں ڈوب جانے والا آپ کا یہ انداز بہت خوش کُن ہے۔''

''لیکن...'' سُبھوتی نے کہا'' میں نے تو شونیہ کے بارے میں کچھ بھی نہیں کہا۔''

''آپ نے شونیہ پر کچھ بولا نہیں۔ ہم نے شونیہ پر کچھ سنا نہیں۔ یہی تو شونیہ کی اصل کیفیت ہے۔'' دیوتاؤں نے پھول برساتے ہوئے کہا۔

■■

تیسرا ایڈیشن

جاپان کے ایک زین عابد تتسوگن نے عہد کیا کہ وہ بُدھ کے اصولوں کو شائع کروائیں گے۔ اُس زمانے میں کتابیں لکڑی کے ٹھپّوں سے چھاپی جاتی تھیں۔ اُن ٹھپّوں پر ہاتھ سے لکھا جاتا تھا۔ تتسوگن سات ہزار کاپیاں چھاپنا چاہتے تھے۔

یہ بڑا مہنگا کام تھا۔ اپنے ارادے کو عملی جامہ پہنانے کے لیے اُنھوں نے روپیہ اکٹھا کرنا شروع کیا۔ گھوم گھوم کر مخیّر حضرات سے چندہ جمع کرتے رہے۔

جب خاطر خواہ روپیہ جمع ہوگیا تو کام شروع کرنا چاہا تبھی 'اورج' ندی میں باڑھ آگئی۔ سیکڑوں گھر بہہ گئے، لوگ دانے دانے کو محتاج ہو گئے۔ چاروں طرف ہاہا کار مچ گیا۔ تتسوگن چھپائی کے لیے جمع کیا ہوا سارا روپیہ اُجڑے گھروں کو بسانے اور لوگوں کو بھک مری سے بچانے میں خرچ کر دیا۔

اُس کے بعد اُنھوں نے نئے سرے سے چندہ جمع کرنا شروع کیا۔

دس سال بعد اتنا روپیہ جمع ہوگیا کہ کتاب چھاپی جاسکتی تھی۔ اچانک پورے علاقے میں وبا پھیل گئی۔ لوگوں کی دوا دارو، علاج معالجے میں ایک بار پھر جمع کیا ہوا سارا روپیہ خرچ ہوگیا۔ تیسری بار تتسوگن کو روپیہ جمع کرنے میں بیس سال لگ گئے۔

آخر اُنھوں نے جاپانی زبان میں بُدھ کی تعلیمات پر مبنی کتاب کی سات ہزار کاپیاں چھپوالیں۔ اس چھپائی میں کام آنے والے ٹھپّے آج بھی کیوتو کے اوباکو مٹھ میں محفوظ ہیں۔

بُدھ کی تعلیمات کے اس مجموعہ کو جاپان میں 'تتسو گن' کا تیسرا ایڈیشن کہا جاتا ہے۔ پہلے دو ایڈیشنوں کو جو چھپ نہیں سکے ملکوتی اور مقدس مانا جاتا ہے۔

■■

قتل

ایک زین سادھو نے اپنے شاگردوں سے کہا،''بہت سے لوگ تشدد کے تعلق سے بہت حساس ہوتے ہیں۔ وہ کسی کی جان لینے کو بُرا سمجھتے ہیں۔ یہاں تک کہ کیڑے مکوڑوں کو بھی بلاوجہ نہیں مارنا چاہیے۔لیکن دنیا میں ایسے لوگ بھی ہیں جو دوسرے قسم کے تشدد کو روا رکھتے ہیں۔مثلاً جولوگ فضول میں اپناوقت گنواتے ہیں وہ وقت کاقتل کرتے ہیں، جولوگ فضول خرچی کرتے ہیں وہ دولت کاقتل کرتے ہیں اور جولوگ بغیر علم کے لوگوں کو نصیحتیں کرتے ہیں وہ روحانی روایتوں کاقتل کرتے ہیں۔

■■

دوستی

دو دوست تھے۔

دونوں زین جانتے تھے۔ ایک ماہر ستار نواز تھا، دوسرا موسیقی سننے کا شوقین۔ جب ستار نواز پہاڑوں کے تصور میں ستار کے تار چھیڑتا تو سننے والا کہہ اٹھتا، ”واہ، کتنے خوبصورت پہاڑ ہیں۔“

جب موسیقار ندی کی ترنگ چھیڑتا تو سننے والا دوست کہنے لگتا، ”واہ، ندی کے لہروں کی کل کل مجھے شرابور کر رہی ہے۔“

ایک دن سننے والے دوست کی موت ہو گئی۔ اس دن موسیقار نے اپنے ستار کے تار کاٹ دیے اور پھر کبھی ستار نہیں بجایا۔

آج بھی چینی زبان میں 'ستار کے تار کاٹنا' گہری دوستی کے لیے بطور محاورہ استعمال ہوتا ہے۔

■■

انوکھا درس

ایک گرو سے کسی نے شکایت کی کہ اُن کے آشرم کا ایک طالب علم روزانہ رات کو چپ چاپ آشرم سے بھاگ جاتا ہے اور رات کو بدنام بستیوں میں موج مستی کر کے منہ اندھیرے لوٹ آتا ہے۔

ایک رات گرو چپ چاپ وہاں گئے جہاں تمام طلبہ سوتے تھے۔ وہ طالب علم سچ مچ غائب تھا۔ آشرم کی اونچی دیوار کے پاس ایک اونچا اسٹول رکھا تھا۔ دیوار کے اُس طرف ایک درخت تھا۔ ظاہر ہے طالب علم اسٹول پر چڑھ کر درخت کے ذریعے دوسری طرف اُتر جاتا ہوگا، گرو نے اسٹول ہٹا دیا اور اُس کی جگہ خود کھڑے ہو گئے۔

منہ اندھیرے طالب علم لوٹا۔ درخت کے سہارے دیوار پر چڑھا اور دوسری طرف اسٹول سمجھ کر گرو کی پیٹھ پر پاؤں رکھا، اچانک اُسے احساس ہو گیا کہ جس پر اُس نے پیر رکھا ہے وہ اسٹول نہیں گرو کی پیٹھ ہے۔ وہ سنّاٹے میں آ گیا۔

گرو نے کہا، ''علی الصبح ہوا میں خنکی بڑھ جاتی ہے۔ کمبل کے بنا باہر نکلنا مناسب نہیں۔'' یہ کہتے ہوئے گرو نے اپنا کمبل اُسے اوڑھا دیا اور اپنی کٹیا میں چلے گئے۔ اُس دن سے وہ طالب علم آشرم کا سب سے زیادہ فرمانبردار اور مہذب شاگرد بن گیا اور آگے چل کر ایک بڑے زین عابد کے طور پر مشہور رہا۔

■■

بہترین

زین عالم بن زن بازار سے گزر رہے تھے۔ ایک قصائی کی دکان پر ایک گاہک قصائی سے کہہ رہا تھا۔

''مجھے گوشت کا بہترین ٹکڑا چاہیے۔''

قصائی نے کہا،''میری دُکان میں جو کچھ ہے، بہترین ہے۔ آپ کو گوشت کا ایک ٹکڑا بھی ایسا نہیں ملے گا جو بہترین نہ ہو۔''

کہتے ہیں اس مکالے کو سُن کر بن زن کو اُسی وقت عرفان حاصل ہو گیا۔

■■

دھیان

بنجو ایک زین عالم ہونے کے ساتھ ساتھ حرب و ضرب میں بھی مہارت رکھتے تھے۔ ایک نوجوان ماتاجرو اُن کے پاس آیا اور لڑائی کے گُر سیکھنے کی خواہش ظاہر کی۔

بنجو نے کہا،''فن حرب میں مہارت حاصل کرنا بڑا مشکل کام ہے۔ سخت ریاضت کرنی پڑے گی۔ میرے شاگرد روزانہ چھے چھے گھنٹے ریاضت کرتے ہیں تب کہیں دس سال میں سیکھ پاتے ہیں۔ اکثر درمیان میں ہی گھبرا کر چھوڑ بھاگتے ہیں، تو سوچ لو۔ تم میں اتنا ضبط اور لگن ہے تو میرے شاگرد بنو۔''

ماتاجرو نے کہا،''دس سال تک روزانہ چھے گھنٹے ریاضت کرنے میں مجھے کوئی پریشانی نہیں ہوگی، میں تو ماہر جنگجو بننے کے لیے بارہ بارہ گھنٹے بھی ریاضت کرنے کو تیار ہوں۔''

بنجو نے کہا،''تب تو تمھیں سیکھنے میں بیس سال لگ جائیں گے۔''

ماتاجرو نے حیران ہو کر پوچھا،''ایسا کیوں؟''

''اس لیے کہ تب تمھارا سارا دھیان سیکھنے میں نہیں بلکہ جلد از جلد ماہر جنگجو بننے میں لگا رہے گا۔''

■■

تعلیم

آخر ماتاجرو کے بار بار اصرار پر بنجو نے اُسے اپنا شاگرد بنالیا مگر اُسے لڑائی کے پینترے سکھانے کی بجائے آشرم کے باورچی خانے میں کام پر لگا دیا۔ جہاں اُسے پانی بھرنے، لکڑی چیرنے، چاول صاف کرنے اور کھانا پکانے سے لے کر برتن دھونے تک کے کام کرنے پڑتے۔ ماتاجرو کو بارہ بارہ گھنٹے محنت کرنی پڑ رہی تھی، مگر وہ ایک سچے اور فرمانبردار شاگرد کی طرح پوری لگن سے کام کرتا رہا۔ اُسے اُمید تھی کہ آخر ایک دن اُستاد خوش ہو کر اُسے لڑائی کے پینترے سکھانا شروع کریں گے۔

تین سال بیت گئے۔ ایک دن جب ماتاجرو پانی بھر رہا تھا، بنجو اچانک ایک کونے سے نکل کر آئے اور اُس کے پاؤں میں لاٹھی پھنسا کر اُسے گرا دیا، بولے، ''زین کے طالب علم کو ہر دم چوکس رہنا چاہیے۔ پانی بھرتے ہوئے تمھیں دھیان رکھنا چاہیے کہ تمھارا پاؤں کہیں اُلجھے نہیں اور پانی نہ چھلکے۔'' بیچارا ماتاجرو خالی ہنڈا لیے دوبارہ پانی بھرنے لوٹ گیا۔

یہ تو شروعات تھی اُس کے بعد یہ روز کا قصّہ ہو گیا۔ ماتاجرو چاول پکا رہا ہوتا تو گرو بنجو اچانک کہیں سے کود کر آتے اور کھانے کی دیگ اُلٹ دیتے، کہتے ''دیگ کا دھیان رکھنا تمھارا کام ہے۔''

کبھی اندھیرے کونے سے کودتے اور لکڑی کے سونٹے سے دھمادھم اُس کی پیٹھ پر ضربیں لگا کر بھاگ جاتے۔ بیچارا ماتاجرو حیران رہ جاتا۔ اُسے تو ایک پینترا بھی نہیں سکھایا جیسا دوسرے طلبہ کو سکھاتے ہیں لیکن پٹائی سب سے زیادہ اُسی کی ہوتی وہ بھی اکھاڑے میں نہیں بلکہ رسوئی میں، پنگھٹ پر، راستے میں، سوتے، جاگتے، کہیں بھی اور کبھی بھی۔ ماتاجرو بے چارہ کیا

کرے۔ گرو کا کہنا تھا بس چوکس رہو۔

گرو کے ایسے بے تکُے ، بے وقت کے پینتروں سے آخر وہ بچے تو کیسے؟

لیکن گرو کی ان حرکتوں نے اثر دکھایا۔ اب ماتا جرو سوتے جاگتے ، اُٹھتے بیٹھتے اور کام کرتے ہر دم چوکنا رہنے لگا۔ اکثر ایسا ہونے لگا کہ گرو کے اچانک گھات لگا کر حملہ کرنے کی آہٹ پاتے ہی وہ چونک جاتا اور اُن کے حملے سے بچ جاتا۔ کئی بار اُسے قبل از وقت ہی محسوس ہو جاتا کہ گرو کب اور کیسے اُس پر حملہ کرنے والے ہیں۔ تین سال اور بیت گئے۔ ہر دم چوکس رہنا اب ماتا جرو کی فطرت میں شامل ہو گیا۔ پانی بھرتے ، لکڑی کاٹتے ، کھانا پکاتے ، برتن دھوتے وہ اچانک اپنی جگہ بدل لیتا۔ اور اُس پر ہونے والے حملے سے بچ جاتا۔ یہ سب اُس کے ساتھ خود بخود ہونے لگا۔ سانس لینے کی طرح اب وہ بغیر کسی کوشش یا ارادے کے چوکس اور مستعد رہنے لگا۔ چھے سال پورے ہونے پر گرو بنجو نے اُسے بُلایا اور اعلان کیا کہ ماتا جرو اُن کا سب سے قابل شاگرد ہے جسے کوئی حملہ آور چھو بھی نہیں سکتا۔

■■

صفر ہے تو

ایک نوجوان عابد کو اپنے علم پر بڑا ناز تھا۔

ایک دن وہ ایک بزرگ زین سادھو کے پاس پہنچا اور داد پانے کے لیے اپنا علم بگھارنے لگا۔ کہنے لگا، ''نفس، عقل، شعور اصل میں کسی چیز کا وجود نہیں ہے۔ دُنیا کی اصلیت صفر کے سوا کچھ نہیں ہے۔ نہ کہیں گمان ہے نہ کہیں دھیان ہے۔ نہ کوئی عاقل ہے نہ کوئی غافل ہے۔ نہ کچھ دینے کو ہے نہ پانے کو ہے، سب کچھ صفر ہے.... خلا ہے۔''

چپ چاپ بیٹھے چلم پھونکتے بزرگ نے اچانک اپنی لاٹھی اُٹھائی اور نوجوان عابد کی پیٹھ پر دے ماری۔ نوجوان عابد بھڑک کر اُٹھ کھڑا ہوا۔ غصّے اور بے عزتی سے اُس کا چہرہ تمتما گیا۔ خاموشی سے چلم پھونکتے بزرگ سادھو نے آنکھیں مچ مچاتے ہوئے سے کہا۔

''اگر سب کچھ صفر ہے تو پھر تمھارا یہ غصّہ کہاں سے آیا؟''

■■

زین کا اُپدیش

ایک جاپانی عابد زین کا علم حاصل کرنے کے لیے چین گیا۔

وہ زین سادھوؤں سے ملا اور ُدھیان' کی مشق کرنے لگا۔

کچھ دن سیکھنے کے بعد وہ پہاڑوں میں چلا گیا اور وہاں دھیان سادھنا کرنے لگا۔ جب لوگوں کو اس کا علم ہوا تو کچھ عقیدت منداُس کے پاس گئے اور اُس سے کچھ تلقین کی فرمائش کی۔ اُس نے کچھ باتیں کہیں اور پھر پہاڑوں میں مزید دشوار مقام پر چلا گیا۔

کچھ دنوں بعد بعض عقیدت منداُسے ڈھونڈتے ہوئے وہاں بھی پہنچ گئے۔ یہ سلسلہ چلتا رہا اور عابد بھیڑ بھڑ کے سے بچتا ہوا دور افتادہ مقامات پر جا کر عبادت کرتا رہا اور عقیدت منداُسے ڈھونڈتے ہوئے اُس کے پیچھے پیچھے گھومتے رہے، کچھ برس بعد جب اُس کی عبادت کامل ہوگئی تو وہ واپس جاپان لوٹ گیا۔ ایک زین عالم کی حیثیت سے اُس کی شہرت اُس سے پہلے ہی جاپان پہنچ گئی تھی۔

اُس کے لوٹنے کی خبرسُن کر جاپان کے سمراٹ نے اُسے اپنے دربار میں بلایا اور زین کا اُپدیش دینے کی درخواست کی۔ اُس نے اپنے تھیلے سے ایک بانسری نکالی اور ہونٹوں سے لگا کر اُسے پھونکا۔ ایک مدھر سُر گونج اُٹھا۔

عابد نے بانسری دوبارہ تھیلے میں رکھی اور چپ چاپ اُٹھ کر دربار سے نکل گیا اور کسی انجان مقام پر چلا گیا۔ بعد میں لوگوں نے اُسے بہت ڈھونڈا مگر اس کا کوئی پتا نہیں چلا۔

■■

بیش قیمت

زین عابد سے ایک شاگرد نے پوچھا۔

''دنیا کی سب سے بیش قیمت شئے کیا ہے؟''

عابد نے سنجیدگی سے جواب دیا،''مری ہوئی بلّی کی کھوپڑی۔''

شاگرد چکرا گیا بولا،''مری ہوئی بلّی کی کھوپڑی بیش قیمت کیسے ہوئی؟''

''کیونکہ اُس کی قیمت کسی کو نہیں معلوم۔'' سادھو نے جواب دیا۔

■■

مونان

ایک زین عابد سمراٹ کا گرو تھا۔

ایک دن تیز آندھی برسات میں چلا جارہا تھا۔ چوغہ پانی سے تر تھا اور بانس کی بنی چپلیں گل کر ٹوٹ گئی تھیں۔ سوچنے لگا نئی چپلیں خرید لینی چاہیے۔ تھوڑی دور چلنے کے بعد اُسے ایک کٹیا نظر آئی جس کی کھڑکی میں بانس کی کئی جوڑی نئی مضبوط چپلیں ٹنگی ہوئی تھیں۔ جن کے نیچے ''برائے فروخت'' لکھا تھا۔

عابد نے دروازہ کھٹکھٹایا۔ ایک عورت نے دروازہ کھولا۔ عورت نے دیکھا سامنے ایک سادھو پانی میں بھیگا ٹھٹھرتا کھڑا ہے۔

''میری چپلیں ٹوٹ گئی ہیں۔ نئی خریدنا چاہتا ہوں۔'' عابد نے کہا۔

''ضرور خریدیے۔'' عورت بولی، ''مگر اس طوفانی بارش میں آپ کہاں جائیں گے۔ آپ سادھو نظر آتے ہیں۔ اندر آکر دو گھڑی آرام کیجیے۔ ہمارا گھر پاک ہو جائے گا۔''

عابد راضی ہو گیا۔ گھر میں داخل ہوتے ہی اُسے اندازہ ہو گیا کہ گھر کی حالت نہایت خستہ ہے۔ گھر میں وہ عورت اُس کی ساس اور تین بچے تھے۔ گھر کے ہر کونے سے مفلسی ٹپک رہی تھی۔

عورت نے عابد کو آگ کے پاس بٹھایا۔ گرم چاول کھانے کو دیے اور کہا، ''ایسا لگتا ہے طوفان رات بھر چل سکتا ہے۔ آپ صبح چلے جائیے گا۔''

عابد نے رغبت سے کھانا کھایا اور عورت سے اُس کے شوہر کے بارے میں پوچھا۔ عورت نے بتایا کہ اُس کا شوہر شرابی ہے اور نکمّا ہے۔ دن بھر گھومتا ہے اور رات گئے گھر آتا ہے۔ دونوں ساس بہو بانس کی چپلیں بنا کر اپنا اور بچوں کا پیٹ بھرتے ہیں۔ وہ اُنھیں سے پیسے لے کر

جوا کھیلتا ہے اور شراب پیتا ہے۔ سادھو نے کچھ روپے عورت کو دیے اور کہا تم فکر مت کرو ان پیسوں سے اچھی شراب اور کھانا منگواؤ۔ تم سب کھا پی کر سو جاؤ، کچھ کھانا اور شراب شوہر کے لیے رکھ دو۔ اُس کے آنے پر میں اُس سے بات کروں گا۔"

عورت نے ویسا ہی کیا۔

جب گھر والے کھا پی کر گہری نیند سو گئے۔ عابد ایک کونے میں بیٹھ کر عبادت کرنے لگا۔ کافی رات گئے گھر کا آدمی نشے میں دُھت اندر گھُسا۔

گھر میں ایک اجنبی کو دیکھ کر اُس نے تیوریاں چڑھا کر پوچھا "اے! تم کون ہو؟ یہاں کیا کر رہے ہو۔ میری بیوی کہاں ہے؟" نشے میں اُس کی زبان لڑکھڑا رہی تھی۔

"میں طوفان میں پھنس گیا تھا۔ تمہارے گھر میں پناہ لینے آ گیا تھا۔ تمہارے گھر کے لوگ سب اندر سو رہے ہیں۔ میرے پاس کچھ شراب اور کھانا ہے جس کے لیے میں تمہارا انتظار کر رہا تھا۔"

اچھی شراب اور کھانا دیکھنے کے بعد اُس آدمی نے مزید کچھ نہیں پوچھا۔ اُس نے شراب پی، چھک کر کھانا کھایا اور وہیں لڑھک کر سو گیا۔ عابد اُسی طرح عبادت میں بیٹھا رہا۔

صبح جب اُس آدمی کی آنکھ کھلی تو اُس نے دیکھا کہ سادھو جس طرح رات میں بیٹھا تھا اُسی طرح بیٹھا عبادت میں مشغول ہے۔ سادھو کے پُرسکون چہرے اور بزرگی کو دیکھ کر آدمی کو دھیرے دھیرے رات کی باتیں یاد آنے لگیں۔ وہ دل ہی دل میں بہت شرمندہ ہوا۔ اُس نے حتی الامکان اپنے لہجے کو نرم بناتے ہوئے پوچھا "مہاشے! معاف کریں۔ مجھے رات کی اپنی حالت پر افسوس ہے، مجھے یاد نہیں آپ نے اپنا کیا نام بتایا تھا۔"

نام سُن کر وہ اندر ہی اندر کانپ گیا۔ یہ تو سمراٹ کا گرو ہے۔ جس کی لمحے بھر کی صحبت کے لیے بڑے بڑے لوگ ترستے ہیں۔ وہ رات بھر اُس کے ساتھ رہا اور وہ نشے میں دُھت پڑا رہا۔

عابد اُس کی کیفیت کو بھانپ گیا، بولا "ایک بات کہنا چاہتا ہوں۔ یاد رکھو کوئی بھی حالت مستقل نہیں ہوتی۔ سب کچھ بدل رہا ہے۔ تم نشے میں اور بُری عادتوں میں کھوئے رہے تو کبھی

جان نہیں پاؤ گے کے ارد گرد کیا ہو رہا ہے اور تمھارے گھر والے تمھاری اس نادانی کی وجہ سے بلا وجہ دُکھ جھیلتے رہیں گے۔''

اتنا کہہ کر عابد چلنے کو ہوا۔ آدمی بولا ''میں رات بھر آپ کے نزدیک رہ کر بھی کہیں اور تھا، اب کچھ دور تک اپنے ساتھ چلنے کی اجازت دیجیے۔'' یہ کہہ کر وہ بھی عابد کے ساتھ چل پڑا۔

ایک میل تک چپ چاپ چلنے کے بعد عابد نے کہا ''اب تم لوٹ جاؤ۔''

''نہیں۔ تھوڑا اور....'' آدمی بولا اور دونوں چپ چاپ چلتے رہے۔ تین میل چلنے کے بعد عابد نے کہا ''اب لوٹ جاؤ۔''

آدمی بولا ''ابھی نہیں...تھوڑا اور...''

آٹھ میل چلنے کے بعد عابد بولا ''کافی ہے۔ اب لوٹ جاؤ۔''

آدمی بولا۔ ''ابھی کہاں...ابھی تو شروعات ہے۔''

وہ آدمی باقی زندگی بھر اُس عابد کے ساتھ چلتا رہا اور عابد کے مرنے کے بعد اُس کا سب سے قابل وارث بنا۔

اُس آدمی کا نام 'مونان' تھا۔ مونان کے معنی ہیں ایک ایسا شخص جو چل دیا تو پھر واپس نہیں لوٹا۔

■■

تعمیل

بان کے ای مشہور زین سادھو تھا۔

وہ نہایت سادی اور عام فہم زبان میں اپنا درس دیا کرتا۔ وہ ہر طبقے میں مقبول تھا۔ اُس کے درس میں صرف زین کے طلبہ ہی نہیں ہر مکتب فکر کے لوگ شریک ہوتے۔ وہ مشکل اور پیچیدہ مسائل میں نہیں اُلجھتا۔ اُس کی باتیں دل سے سیدھے دل میں اُتر جاتیں۔

پاس ہی 'نچیرین' مسلک کا سادھو رہتا تھا۔ اُسے بان کے ای کی مقبولیت ایک آنکھ نہ بھاتی۔ خود اُس کے شاگرد بھی ذوق وشوق سے بان کے ای کے درس میں شریک ہوتے۔

ایک دن بان کے ای سے مناظرہ کرنے کی غرض سے نچی رین سادھو بان کے ای کی محفل میں آیا۔ بان کے ای کا درس جاری تھا۔

اس نے بڑی نخوت سے کہا، ''او مہاراج! ذرا ٹھہریے۔ جو آپ کو مانتا ہے وہ آپ کی باتوں پر عمل کرے گا۔ مگر مجھ جیسے شخص کے دل میں آپ کی تعلیمات کی کوئی قدر نہیں۔ کیا مجھے آپ اپنی تعلیمات پر عمل کرنے کی ترغیب دے سکیں گے؟''

بان کے ای نے کہا، ''کیوں نہیں، آپ ذرا قریب تو آئیے۔''

گھمنڈ سے چور وہ گرو بھیڑ میں راستہ بناتا بان کے ای کے قریب آیا۔

بان کے ای نے مسکراتے ہوئے کہا، ''میری بائیں طرف آئیے۔'' تاکہ ہم سہولت سے گفتگو کرسکیں۔''

مغرور سادھو دائیں طرف گیا۔ ''دیکھیے۔ آپ میرا ہر حکم بجالا رہے ہیں۔ آپ انتہائی شریف انسان ہیں، اب تشریف رکھیے اور میری باتیں غور سے سنیے۔'' بالآخر مغرور سادھو کو بان کے ای کی عظمت کا اعتراف کرنا ہی پڑا۔ ■■

بدھتو اسے الگ نہیں

گاسان نام کا ایک زین سادھو تھا۔

ایک دفعہ یونی ورسٹی کا ایک طالب علم اُس سے ملنے گیا اور اُس نے پوچھا، ''آپ نے بائیبل پڑھی ہے؟''

''نہیں... تم پڑھ کر سناؤ۔''

طالب علم نے بائیبل کھولی اور سینٹ میتھیو کے فرمودات پڑھنے لگا۔

جس میں لکھا تھا، ''تم اپنے لباس کے لیے فکرمند کیوں ہو؟ باغوں میں للی کے پھول کھلتے ہیں۔ جنھیں کسی بات کی فکر نہیں، کل کی فکر مت کرو۔ کیونکہ آنے والے کل کا دن کل کی فکر کرے گا۔''

گاسان غور سے سُن رہا تھا۔ وہ بولا، ''جس نے بھی یہ باتیں بیان کی ہیں میرے خیال میں وہ اپنے زمانے کا عارف رہا ہوگا۔''

طالب علم نے پڑھنا جاری رکھا۔

''جو مانگو تمھیں مل جائے گا۔ کھوجو تو پاؤ گے۔ دراوزے پر دستک دو، تمھارے لیے دروازہ کھل جائے گا کیوں کہ جو مانگتا ہے اُسے ملتا ہے، جو ڈھونڈتا ہے وہ پاتا ہے اور جو دستک دیتا ہے اُس پر دروازے کھل جاتے ہیں۔''

گاسان نے تائید کرتے ہوئے کہا، ''بے شک یہ ساری باتیں بدھتو اسے الگ نہیں ہیں۔''

■■

سوغات

ریوکان نام کے زین سادھو ایک پہاڑی کے دامن میں معمولی جھونپڑی بنا کر رہ رہے تھے۔ ایک دن جب وہ شام کی سیر کے بعد جھونپڑی میں آئے تو دیکھا ایک شخص جھونپڑی میں سامان ٹٹول رہا ہے، وہ سمجھ گئے کہ یہ چور ہے۔ چور اُنھیں دیکھتے ہی بوکھلا گیا۔ مگر سادھو نے کہا۔

''تم شاید مجھ سے ملنے آئے ہو۔ میرے پاس تمھیں دینے کے لیے کچھ نہیں ہے، مگر تم خالی ہاتھ جاؤ گے یہ مجھے اچھا نہیں لگے گا۔ میرے بدن پر جو کپڑے ہیں انھیں بطور سوغات قبول کرو۔''

یہ کہتے ہوئے سادھو نے اپنے کپڑے اُتار کر چور کو دے دیے۔ چور اس قدر گھبرا گیا تھا کہ وہ کپڑے سمیٹ کر اُلٹے پاؤں بھاگ گیا۔

ریوکان اُس برہنہ حالت میں بیٹھے رہے، آسمان پر چاند چمک رہا تھا۔ چاند کو دیکھ کر اُن کے دل میں خیال آیا ''بے چارا... کاش میں اُسے اس حسین چاند کی سوغات دے سکتا۔''

■■

کیا ڈول رہا ہے؟

دو سادھو ایک جھنڈے کے بارے میں بحث کر رہے تھے۔

ایک نے کہا، ''جھنڈا ڈول رہا ہے۔''

دوسرا بولا، ''ہوا ڈول رہی ہے۔''

گُل گرو وہاں سے گزر رہے تھے۔

اُنھوں نے کہا، ''نہ ہوا ڈول رہی ہے نہ جھنڈا، دل ڈول رہا ہے۔''

■■

آ گلے لگ جا

ایک گرو کے پاس بیس لڑکے اور اشیون نام کی ایک لڑکی دھیان سادھنا سیکھ رہے تھے۔ آشرم کی شرائط کے مطابق اشیون نے سر منڈا لیا تھا اور سادہ لباس پہنتی تھی۔ اس سادگی میں بھی وہ بے حد حسین معلوم ہوتی تھی۔ آشرم کے اکثر لڑکے دل ہی دل میں اُس کی محبت میں گرفتار تھے۔ ایک دن اُن میں سے ایک نے اُسے ایک چٹھی لکھی اور تنہائی میں ملنے کی خواہش ظاہر کی۔ اشیون نے اُس چٹھی کا کوئی جواب نہیں دیا۔ دوسرے دن حسبِ معمول گرو کا لیکچر ہوا۔ لیکچر کے ختم ہوتے ہی اشیون اپنی جگہ سے اُٹھی اور جس لڑکے نے خط لکھا تھا اُسے مخاطب ہو کر کہا، ''اگر تو مجھ سے سچ مچ محبت کرتا ہے تو اسی وقت آگے آ کر مجھے گلے لگا لے۔''

لڑکے نے شرم سے سر جھکا لیا۔ دیگر لڑکے حیران نظروں سے اشیون کو دیکھتے رہے اور گرو صرف مسکرا کر رہ گئے۔

■■

اشیون کی موت

اشیون کی عمر تقریباً ساٹھ برس کی ہو چکی تھی۔ وہ دنیا کو الوداع کہنا چاہتی تھی۔ اُس نے چند سنیاسیوں سے آشرم میں چِتا سجانے کی فرمائش کی۔

چتا تیار ہو جانے کے بعد وہ چتا پر بیٹھ گئی اور خود اپنے ہاتھوں سے چتا کو آگ لگا دی۔ چتا بھڑکنے لگی۔ ارد گرد کھڑے اُس کے ساتھی سنیاسیوں نے چیخ کر پوچھا، ''کیا تمھیں وہاں گرمی محسوس ہو رہی ہے؟''

اشیون نے اطمینان سے جواب دیا، ''تم جیسے نادانوں کو ہی اس قسم کی باتوں کی فکر ہوتی ہوگی۔''

اُسے شعلوں نے گھیر لیا اور وہ چپ چاپ بھسم ہوگئی۔

■■

دل انگارہ، آنکھ راکھ

شیون شاکو وہ پہلا زین گرو تھا جو امریکہ گیا تھا۔ وہ کہتا تھا،''میرا دل انگارے کی طرح دہکتا ہے مگر میری آنکھیں راکھ کی مانند ٹھنڈی ہیں۔

اُس کے کچھ اُصول تھے جن پر وہ بلاناغہ روزانہ عمل کرتا۔

صبح اُٹھ کر کپڑے پہننے سے پہلے اگربتّی سلگاتا، اپنا کام وقت پر مکمل کرتا۔ وقت پر کھاتا، کم کھاتا، جو بولتا اُس پر عمل کرتا۔ ہر کام نہایت مستعدی سے کرتا۔ لیکن پہلے دو دفعہ اُس پر غور کرتا ماضی پر پچھتانے کی بجائے مستقبل پر نظر رکھتا۔

سوچ کسی دلیر شخص کی مگر دل بچے کی طرح معصوم۔ رات کو اس طرح بستر پر جاتا گویا وہ آخری رات ہے اور صبح بستر سے یوں اُٹھتا جیسے پُرانے جوتے اُتار رہا ہو۔

■■

سب کو یکساں بھوجن

بان کے ای گرو کے آشرم میں ُدائیریوٗ کا سنیاسی کھانا پکایا کرتا تھا۔ایک دن اُس نے سوچا گرو کافی بوڑھے ہو گئے ہیں اُن کی صحت کا خیال رکھنا ہمارا فرض ہے۔لہٰذا اُس نے عمدہ سوپ بنایا،سوپ پیتے ہوئے بان کے ای کو اندازہ ہو گیا کہ آج عام لوگوں کو ملنے والے سوپ سے یہ سوپ الگ ہے۔اُنھوں نے دریافت کیا۔''آج کھانا کس نے بنایا۔''

دائریو کو بُلایا گیا۔اُس سے پوچھنے پر اُس نے کہا،''آپ بوڑھے ہو گئے ہیں اور ہمارے گرو ہیں اس لیے آپ کو عمدہ سوپ پینا چاہیے تاکہ آپ کی صحت اچھی رہے۔''

''اس کا مطلب تم چاہتے ہو کہ میں کچھ نہ کھاؤں۔''

یہ کہتے ہوئے بان کے ای اُٹھا اور اپنے حجرے میں چلا گیا اور دروازہ بند کر کے اندر سے کنڈی لگا لی۔

دائریو سات روز تک دروازے کے باہر بیٹھ کر گرو سے معافی مانگتا رہا مگر گرو نے دروازہ نہیں کھولا اور نہ کوئی جواب دیا۔دائریو بھی بھوکا پیاسا دروازے پر بیٹھا رہا۔

بھوک پیاس سے اِس کی حالت غیر ہونے لگی۔

تب ایک شاگرد نے باہر سے پکار کر کہا،''گرو جی! ہو سکتا ہے آپ صحیح ہوں مگر یہاں دروازے میں آپ کے لیے بھوکا پیاس بیٹھا دائریو کی حالت خراب ہو رہی ہے۔اُس کے ساتھ کچھ بھی ہو سکتا ہے۔''

یہ سنتے ہی بان کے ای نے دروازہ کھولا،انھوں نے ہنستے ہوئے دائریو سے کہا،''مجھے بھی اپنے شاگردوں جیسا کھانا ملنا چاہیے۔تم جب گرو بنو تو اس بات کو ہمیشہ یاد رکھنا۔''

■■

اعترافِ گناہ

کسی وجہ سے پھگائی نام کے سادھو کے آشرم میں کھانا بنانے میں دیر ہوگئی۔ باورچی ایک درانتی لے کر باغ میں گیا اور اُس نے جلدی جلدی کچھ سبزی اور بھاجی کو کاٹا اور اُن کو سوپ تیار کیا لیکن جلدی میں یہ دیکھنا بھول گیا کہ سبزی کے ساتھ سانپ کا ایک ٹکڑا بھی آگیا ہے۔

اُس دن پھگائی کے شاگردوں کو محسوس ہوا کہ اس سے اچھا سوپ اُنھوں نے اس سے قبل کبھی نہیں پیا۔

پھگائی کے پیالے میں جو سوپ ڈالا گیا اُس میں سانپ کا سر ملا۔ اُنھوں نے باورچی کو بُلایا اور سانپ کے سر کو ہاتھ میں پکڑ کر اس سے پوچھا ''یہ کیا ہے؟''

''ارے.... شکریہ ماسٹر۔''

کہتے ہوئے باورچی نے وہ سانپ کا سر اُن کے ہاتھ سے لے کر منہ میں ڈال لیا۔

■■

کام نہیں تو کھانا بھی نہیں

بیا کوزو نام کے زین مُنی کی عمر اسّی برس ہو چکی تھی۔

پھر بھی وہ باغ میں پودوں کو تراشنے، زمین صاف کرنے اور تر پائی کرنے میں شاگردوں کا ہاتھ بٹاتے تھے۔

گرو کو ایسے سخت مشقت کے کام کرتے ہوئے دیکھ کر شاگردوں کو بُرا لگتا تھا مگر گرو کو کون منع کرے۔ اُنھوں نے ایک دن گُرو کے اوزار چھپا دیے۔ گرو نے اُس دن کھانا نہیں کھایا، بلکہ اگلے دو روز بھی فاقہ کیا۔

شاگرد سمجھ گئے کہ اُن کے اوزار چھپانے کی وجہ سے وہ ناراض ہیں۔ اس لیے اُنھوں نے وہ اوزار دوبارہ اُن کی جگہ پر لا کر رکھ دیے۔ اوزار ملتے ہی گرو نے حسبِ معمول کام کیا اور کھانا بھی کھایا۔ شام کو کام ختم کر کے جاتے وقت اُنھوں نے شاگردوں کو تاکید کی، ''یاد رکھو، کام نہیں تو کھانا بھی نہیں۔''

■■

رعایا کے بچے

باماوکا نامی سنیاسی سمراٹ کا اُستاد تھا۔

وہ باڑھ بنانے کا ماہر تھا۔ ساتھ ہی زین کا اچھا جانکار بھی تھا۔ وہ غریب تھا۔ اُس کے پاس کپڑوں کا صرف ایک جوڑا تھا۔ سمراٹ نے باماوکا کو نئے کپڑے خریدنے کے لیے پیسے دیے۔

دوسرے دن جب وہ دربار میں آیا تو اُسی پرانے لباس میں تھا۔

''نئے کپڑے کہاں ہیں؟'' سمراٹ نے پوچھا۔

''میں نے وہ کپڑے آپ کی رعایا کے غریب بچوں کو دے دیے مہاراج۔''

■■

موت کا وقت

ایکوئی زین گرو بچپن ہی سے کافی ذہین تھا۔

بچپن میں اُس کے گرو کے پاس ایک نایاب قیمتی کپ تھا جس میں گرو چائے پیا کرتے تھے۔ ایک دن ایکوئی کے ہاتھ سے وہ کپ ٹوٹ گیا۔ ایکوئی گھبرا گیا۔ اتنے میں اُن کے گرو کے آنے کی آہٹ ہوئی ایکوئی نے ٹوٹے کپ کے ٹکڑے ہاتھ میں لے کر ہاتھ پیچھے چھپا لیے۔

گرو جی کے آنے کے بعد ایکوئی نے گرو سے پوچھا،''لوگ کیوں مرتے ہیں؟''

گرو نے کہا،''موت اٹل ہے۔ ہر شے فانی ہے۔ ہر کوئی اپنی زندگی گزارنے کے بعد مرجاتا ہے۔''

ایکوئی نے پھوٹے ہوئے کپ کے ٹکڑے دکھاتے ہوئے گرو سے کہا۔

''آپ کے کپ کی زندگی بھی اتنی ہی تھی۔ تھوڑی دیر پہلے وہ مرگیا۔''

گرو مسکرا کر خاموش ہو گئے۔

■■

پانی کا قطرہ

گیسان نام کے ایک گرو نے اپنے ایک نوجوان چیلے سے نہانے کے لیے پانی لانے کو کہا۔ چیلا گھاگر میں پانی لایا اور نہانے کے ٹب میں اُسے خالی کیا۔

ٹب کے بھر جانے کے بعد گھاگر میں تھوڑا سا پانی رہ گیا تھا جسے اُس نے زمین پر بہا دیا۔

گرو نے خفا ہو کر کہا، ''احمق! بچا ہوا پانی پھینکنے کے بجائے پودوں کو دیا جا سکتا تھا۔ اس آشرم کے پانی کا ایک قطرہ بھی ضائع کرنے کا تجھے کیا حق ہے؟''

چیلا خاموش رہا۔ مگر اُسی وقت اُس پر 'زین' کی حقیقت بھی منکشف ہوگئی۔ اُس نے اپنا نام بدل کر 'ٹیکی سوئی' رکھ لیا۔

جاپانی زبان میں اس کا مطلب ہے 'پانی کا قطرہ'۔

■■

اینٹ کا آئینہ

ماتسو ایک زین طالب علم تھا۔

وہ آشرم کے جھونپڑے میں اپنے نفس کی شفافیت کی خاطر رات دن تنہا ریاضت کرتا۔ اگر کوئی اُس سے ملنے بھی آتا تو اُس کی طرف دھیان نہ دیتا۔

ایک دن خود آشرم کے اُستاد اُس کے جھونپڑے پر گئے۔ ماتسو نے اُن کی طرف بھی کوئی توجہ نہیں دی۔

گرو دن بھر وہیں بیٹھے ایک اینٹ کو پتھر پر گھستے رہے۔

کافی دیر گزرنے کے بعد بھی گرو کا شغل اُسی طرح جاری رہا۔ آخر ماتسو سے رہا نہیں گیا اُس نے گرو سے پوچھا، ''آپ یہ کیا کر رہے ہیں؟''

گرو نے گردن اُٹھائے بغیر جواب دیا۔

''اس اینٹ کا آئینہ بنا رہا ہوں۔'' ماتسو نے حیرت سے کہا، ''اینٹ کا آئینہ؟ پاگل ہوئے ہیں کیا؟ زندگی بھر گھستے رہیں گے تب بھی نہیں بنے گا۔''

یہ سن کر گرو ہنسنے لگے اور اُنھوں نے ماتسو سے پوچھا، ''تب تم کیا کر رہے ہو؟ اینٹ آئینہ نہیں بن سکتی، تو کیا دل آئینہ بن سکتا ہے۔''

■■

اچھا

ایک زین سادھو کی سادگی اور پاکیزگی کی پورا گاؤں معترف تھا۔

سادھو کی کُٹیا کے پاس ہی ایک تاجر کا بنگلہ تھا۔ تاجر کی ایک خوبصورت جوان بیٹی تھی۔ ایک دن اچانک تاجر کو اُس کی بیوی نے بتایا کہ اُن کی کنواری بیٹی حاملہ ہے۔ تاجر پر بجلی سی گری۔ مارے غصّے کے تاجر بیٹی کو جان سے مارنے پر آمادہ ہو گیا۔ بیوی نے بڑی مشکل سے اُسے سمجھا بجھا کر روکا۔ تاجر چھُری بیٹی کی گردن پر رکھ کر غصّے سے کانپتا ہوا بولا ''بتا، کون ہے وہ حرامزادہ جس کے ساتھ تُو نے منہ کالا کیا۔''

بیٹی اپنے یار کو بچانا چاہتی تھی۔ روتے ہوئے بتایا کہ ''بچے کا باپ پڑوس میں رہنے والا زین سادھو ہے۔''

تاجر غصّے میں اُبلتا ہوا زین سادھو کے پاس گیا۔ اُسے کھینچ کر کٹیا کے باہر نکالا اور بے تحاشا گالیاں دیتا ہوا بُری طرح مارنے لگا۔

سادھو پوچھنے لگا ''بھائی، ہوا کیا یہ تو بتاؤ...''

ہنگامہ دیکھ کر گاؤں والے جمع ہو گئے۔

تاجر نے گالیاں دیتے ہوئے گاؤں والوں کے سامنے پوری بات بتائی۔

گاؤں والے بھی تھو تھو کرنے لگے لیکن زین سادھو نے پُرسکون انداز میں صرف اتنا کہا ''اچھا!''

گاؤں والوں نے سادھو کو خوب بُرا بھلا کہا اور تاجر کو سمجھا بجھا کر گھر بھیج دیا۔ اب گاؤں میں سادھو کی عزت دو کوڑی کی نہ رہی۔ نہ کوئی کھانا پانی دیتا، نہ کوئی اُس سے بات کرتا۔ پورے

گاؤں نے اُس کا حقّہ پانی بند کر دیا۔

لیکن فقیر جیسے تیسے اپنے حال میں مگن جیتا رہا، نہ اُس نے کوئی صفائی دی نہ کسی سے کوئی شکایت کی۔

تاجر کی لڑکی نے ایک بچے کو جنم دیا، تاجر نوزائیدہ بچے کو لے کر سادھو کی کٹیا پر گیا اور بچے کو اُس کی دہلیز پر رکھ کر غصّے سے بولا، ''سنبھال اپنے پاپ کو...''

سادھو نے اُسی پُرسکون لہجے میں کہا، ''اچھا۔''

تاجر پاؤں پٹکتا اور بکتا جھکتا واپس چلا گیا۔

سادھو نے بچے کو گود میں اُٹھایا اور کٹیا میں لا کر نرم بستر پر سُلا دیا۔

زین سادھو پورے پیار اور جتن سے اُس کی پرورش کرنے لگا۔

گاؤں والے اُسے نفرت سے دیکھتے اور منہ پھیر لیتے۔ اُسے دیکھ کر عورتیں دوسری طرف مُڑ جاتیں، کچھ لوگ کہتے، ''ٹھیک ہے۔ یہ تو بدمعاش ہے مگر بچہ تو بچہ ہے۔ اُس نے بچے کو سنبھال لیا یہ بھی غنیمت ہے۔ کبھی کبھار کوئی ترس کھا کر بچے کے لیے دودھ وغیرہ بھی دے دیتا تھا لیکن سادھو کے ماتھے پر کبھی شکن تک نہیں آئی۔

کبھی کبھی جب بچہ روتا تو اُس کے رونے کی آواز سن کر تاجر کی بیٹی بے چین ہو جاتی۔ اُس کی چھاتیوں میں دودھ اُتر آتا اور وہ تڑپ کر رہ جاتی مگر باپ کے خوف سے اُف نہ کرتی۔ آخر کب تک؟ سال بھر ہونے آیا اور بچے کی ماں کے صبر کا بند ٹوٹ گیا۔ اُس نے بدنامی کی پرواہ کیے بغیر ماں باپ کو بتا دیا کہ اصل میں بچے کا باپ سادھو نہیں بلکہ کوئی اور نوجوان ہے جسے بچانے کے لیے اُس نے سادھو کا نام لیا تھا۔

ماں باپ سکتے میں آ گئے۔ بیٹی کو بُرا بھلا کہا اور روتے پیٹتے۔ سادھو کے پاس پہنچے اور اُس کے قدموں میں گر پڑے۔ بچے کی ماں بھی اصلی باپ کو لے کر آئی اور روتی ہوئی سادھو کے پاؤں پکڑ لیے۔ یہ خبر گاؤں میں پھیل گئی۔ پورا گاؤں اُمڈ آیا۔

’’کیابات ہے بھائی؟‘‘ سادھو نے اُسی پُرسکون انداز میں پوچھا۔

لڑکی کے باپ نے معافی مانگتے، خود کو لعنت ملامت کرتے، ناک رگڑتے اصل قصّہ بیان کر دیا۔ پورا گاؤں شرمندہ ہو گیا۔

ہر کوئی سادھو سے معافی مانگنے لگا۔ بچے کا باپ اپنا قصور تسلیم کرتے ہوئے بچے کو لوٹانے کے لیے سادھو کی منتیں کرنے لگا۔

سادھو اُسی شانت بھاؤ سے بولا ’’اچھا‘‘ اور بچہ اُس کے باپ کے حوالے کر دیا۔

■■

اناڑی عابد

جوشو ایک بڑا زین مُنی ہو گزرا ہے۔ایک دفعہ اُس کے آشرم میں ایک فقیر مہمان ہوا۔فقیر رات تین بجے اُٹھ گیا اور زور و شور سے عبادت کرنے لگا۔اُس کے شور وغل سے پورا آشرم جاگ گیا۔

جوشو کے پاس یک لڑکا تھا جو جوشو کے چھوٹے موٹے کام کر دیتا۔پانی پلانا، کپڑے سمیٹ کر رکھنا، بستر لگانا وغیرہ۔

فقیر کا شور شرابا سن کر لڑکے نے جوشو سے کہا۔

''یہاں آشرم میں پانچ سو سنیاسی رہتے ہیں۔آپ بھی ہیں مگر کبھی کسی نے ایسی پرارتھنا نہیں کی جیسی یہ مہمان فقیر کر رہا ہے۔''

جوشو نے کہا،''جو لوگ تیرنا نہیں جانتے وہ پانی میں کافی ہاتھ پیر مارتے ہیں اور جو تیرنا جانتے ہیں پانی پر چپ چاپ لیٹ جاتے ہیں اور تیرتے رہتے ہیں۔''

■■

مارگ

نان سین ایک بڑا زین مُنی گزرا ہے۔ جوشو بھی زین سادھو تھا۔

ایک دن جوشو نے نان سین سے پوچھا،"مارگ یعنی کیا؟"

نان سین نے کہا،"روزمرّہ کی زندگی ہی مارگ ہے۔"

جوشو نے پوچھا،"کیا اُسے سیکھا جا سکتا ہے؟"

نان سین بولا،"اگر تم اُسے سیکھنے کی کوشش کروگے تو تم اُس سے دور ہو جاؤ گے۔"

جوشو نے پوچھا،"اگر میں نے سیکھنے کی کوشش نہیں کی تو مجھے کیسے پتا چلے گا کہ یہی مارگ صحیح ہے۔"

"مارگ کا تعلق گیان کی دنیا سے نہیں ہے۔ ایسی دنیا سے بھی اس کا کوئی تعلق نہیں جہاں گیان نہیں ہوتا۔ گیان بھرم ہے اور اگیان حماقت ہے۔ اگر تم کوئی نتیجہ خیز راہ اختیار کرنا چاہتے ہو تو آسمان کی طرح آزاد رہو۔ کسی بھی شے کو بھلا بُرا کوئی نام مت دو۔"

■■

عمدہ گھوڑا

ایک فلسفی نے بُدھ سے پوچھا،''الفاظ کے بغیر اور الفاظ کے ذریعے آپ بتا سکتے ہیں کہ حق کیا ہے۔''

بُدھ خاموش رہے۔

فلسفی نے جھک کر بُدھ کا شکریہ ادا کیا اور بولا۔

''آپ کی اس محبت اور شفقت سے میرا سارا بھرم دور ہو گیا اور میں صحیح راستے پر چلنے کے قابل ہو گیا ہوں۔''

فلسفی کے جانے کے بعد بُدھ کے شاگرد آنند نے پوچھا۔

''اُسے ایسا کیا مل گیا جو وہ اطمینان ظاہر کر کے چلا گیا۔''

بُدھ نے آنند سے کہا،''عمدہ گھوڑا چابک کے سایے پر بھی دوڑنے لگتا ہے۔''

■■

مہارت

ایک زین فقیر جو شمشیر زنی میں ماہر تھا۔ ایک نوجوان اُس کے پاس آیا اور بولا،''آپ مجھے اپنا شاگرد بنا لیں۔''

فقیر نے اُسے غور سے دیکھا اور بولا۔

''لیکن تم تو ماہر معلوم ہوتے ہو، تمھیں تعلیم کی ضرورت نہیں۔''

نوجوان نے کہا،''آپ کیسی بات کرتے ہیں، میں نے زندگی میں کبھی تلوار تک نہیں پکڑی۔''

فقیر نے پوچھا،''تم کیا کرتے ہو؟''

اُس نے کہا،''میں چائے بنانے کے ہُنر سے واقف ہوں۔''

فقیر بولا،''مجھے یقین ہے کہ تم چائے بنانے کے فن میں مہارت رکھتے ہو گے۔ کسی بھی فن میں مہارت رکھنا ہی آرٹ ہے اور تم اس آرٹ سے واقف ہو۔''

■■

پرارتھنا

زین گرو بال سین کے پاس ایک موچی آیا اور اُس نے بال سین سے کہا،

''میں بڑی مشکل میں پڑ گیا ہوں۔ میں غریب آدمی ہوں۔ بارہ تو میرے بچے ہیں، بیوی ہے بوڑھا باپ ہے اور بیوہ بہن ہے۔ ان سب کا بوجھ مجھ پر ہے۔ میں جوتا بنانے کے سوا کچھ نہیں جانتا۔ صبح سے کام میں لگ جاتا ہوں اور رات گئے تک کام کرتا ہوں۔ ورنہ گھر کا خرچ چلانا مشکل ہو جائے۔ ایسی حالت میں بھلا میں کب پرارتھنا کروں؟''

بال سین نے کہا،''جب تو جوتا بناتا ہے تو عبادت کی ضرورت کیا ہے؟ بس جوتا بنا۔ وہی تیری پرارتھنا ہے اور جو گاہک آتا ہے وہی تیرا پرماتما ہے۔''

■■

گرو کا کھانا

زین آشرموں میں یہ اصول ہے کہ سورج غروب ہونے سے پہلے رات کا کھانا کھالیا جاتا ہے اور سب اجتماعی طور پر ساتھ بیٹھ کر کھانا کھاتے ہیں۔

مگر ایک آشرم کا گرو اس اصول کے برخلاف سورج غروب ہونے کے بعد کھانا کھاتا تھا، دوسرے یہ کہ سب کے سامنے کھانے کی بجائے اپنی کٹیا میں تنہا بیٹھ کر کھاتا تھا۔ آشرم کے بھکشوؤں میں چہ میگوئیاں ہونے لگیں کہ آخر ہمارا گرو اکیلے اپنی کٹیا میں کیوں کھانا کھاتا ہے۔ اُڑتے اُڑتے یہ بات بستی کے پردھان تک پہنچی۔ پردھان اُسی گرو کا چیلا تھا۔ اُسے بھی تجسس ہوا کہ آخر گرو تنہا سب سے چھپ کر کھانا کیوں کھاتا ہے۔ کہیں ایسا تو نہیں وہ کوئی ایسی چیز کھاتا ہو جو کسی زین بھکشو کو نہیں کھانا چاہیے۔

ایک شام وہ اپنے ایک مصاحب کو ساتھ لے کر گرو کی کٹیا کے پیچھے چھپ گیا۔ وہ دیوار میں ایک چھید کر کے گرو کی حرکات وسکنات کا مشاہدہ کرنے لگا۔ شام ہوئی۔ گرو آیا اپنے دامن میں چھپا کر کھانا لایا، دروازہ بند کیا اور دیوار کے چھید کی طرف پیٹھ کر کے بیٹھ گیا اور کھانا کھانے لگا۔

پردھان دیکھ نہیں پا رہا تھا کہ گرو کیا کھا رہا ہے، اُس کا شک یقین میں بدل گیا کہ کچھ گڑبڑ ضرور ہے۔ پردھان کھڑکی توڑ کر اپنے مصاحب کے ساتھ اندر داخل ہوا۔ گرو نے اپنے دامن سے کھانے کو ڈھک دیا، پردھان غصّے میں گرجا ''آج ہم اس راز سے پردہ اُٹھا کر ہی جائیں گے کہ تم دوسروں سے چھپا کر کیا کھاتے ہو؟ بتاؤ کیا کھا رہے ہو...''

گرو تھوڑا جھجکا۔ سردار دوبارہ گرجا ''ہٹاؤ کپڑا... آج میں گرو چیلے کی مریادا کا بھی پاس نہیں کروں گا۔ یہ دھرم رکشا کی بات ہے۔''

آخر گرو نے کپڑا ہٹا دیا۔

پردھان اور اس کا مصاحب یہ دیکھ کر حیران رہ گئے کہ اُس کے بھکشا پاتر میں نہ تو کوئی لذیذ کھانا تھا نہ کوئی مٹھائی، نہ کوئی پھل۔ اُس میں سبزیوں کے ڈنٹھلوں کے علاوہ سڑے گلے پتے اور چھلکے تھے جو کوڑادان میں پھینک دیے جاتے تھے۔ گرو اُنھیں کو اُبال کر کھا رہا تھا۔

سردار کے ماتھے پر پسینہ آگیا ''ایسے کھانے کو چھپا کر کھانے کی کیا ضرورت ہے؟'' اُس نے گڑبڑاتے ہوئے پوچھا۔

گرو نے کہا'' کیا تم سمجھتے ہو غلط کو ہی چھپایا جاتا ہے، کبھی کبھی صحیح کو بھی چھپانا پڑتا ہے۔ تم غلط کو چھپاتے ہو ہم صحیح کو چھپاتے ہیں۔ تم میں اور ہم میں یہی فرق ہے۔''

''مگر یہ گھاس پات کھانے کے لیے چھپانے کی کیا ضرورت تھی۔''

گرو ہنسا۔۔۔۔ اُس نے کہا،'' میں جانتا تھا ایک دن تم آؤ گے کیوں کہ تمھاری نگاہ معمولی باتوں پر ہوتی ہے اور یہ ایک غیر معمولی بات ہے جو تمھاری سمجھ سے پرے ہے۔ یہ میری آخری شام ہے، آج میں اس آشرم کو تیاگ رہا ہوں۔ تم سنبھالو اِسے۔ اگر میں تمھاری توقع کے مطابق ہی کام کرتا رہا تو اپنے شاگردوں کی فکر ونظر میں تبدیلی کیونکر لا پاؤں گا۔ میں جا رہا ہوں۔''

اور گرو اپنا جھولا اُٹھا کر کٹیا سے باہر نکل گیا۔

■■

پہلا سوتر

ایک نیا چیلا زین گرو جوشو کے پاس آیا اور بولا،

''میں حال ہی میں دھرم سنگھ میں داخل ہوا ہوں۔ دھیان کا پہلا سوتر سیکھنا چاہتا ہوں۔''

جوشو نے پوچھا،''کیا تم نے کھانا کھالیا؟''

چیلا بولا،''جی میں نے کھالیا۔''

جوشو نے پوچھا،''اور تھالی دھولی۔''

چیلا بولا،''نہیں۔''

جوشو بولا،''جا کر تھالی دھولو۔''

■■

عارف

بال سین ایک یہودی زین گرو تھا۔ اُس نے خواب میں دیکھا کہ وہ مرگیا ہے اور جنت کی سیر کررہا ہے ایک فرشتہ اُس کے ساتھ تھا۔ اُس نے دیکھا کہ بڑے بڑے یہودی عالم بیٹھے توریت پڑھ رہے ہیں۔

بال سین بڑا حیران ہوا۔

اُس نے کہا،''اگر یہاں بھی وہی سب کرنا پڑے جو دنیا میں کرتے تھے تو پھر منزل کہاں ہے؟''

جو فرشتہ اُس کے ساتھ چل رہا تھا اُس نے کہا،''یہ سب صرف عالم ہیں ان میں کوئی بھی عارف نہیں۔ عارف جنت میں نہیں ہوتے، جنت عارف میں ہوتی ہے۔''

■■

کتابیں

ایک مشہور زین عالم نے جو ایک فلسفی بھی تھا۔ کئی سال زین کی تعلیم حاصل کرنے میں صرف کردیے۔ بالآخر اُسے عرفان حاصل ہوگیا اور وہ تجلّی نظری آگئی جس کی اُسے تلاش تھی۔ اُس نے اپنی ساری کتابیں اکٹھا کیں اور اپنی قیام گاہ سے باہر لے جا کر اُنھیں نذرِ آتش کر دیا۔

■■

دن کے وقت سونا

سویان شکو نام کے زین گرو کا جب انتقال ہوا تو وہ اکسٹھ برس کا تھا۔

'زین' میں اُس کی تعلیمات کو بڑی قدر کی نگاہ سے دیکھا جاتا ہے۔

وہ بارہ برس کا تھا تب ٹینڈائی میں فلسفے کی تعلیم حاصل کرتا تھا۔

ایک دفعہ گرمی کے موسم میں دوپہر کے وقت زبردست حبس تھا۔ سویان دروازے میں پاؤں پھیلائے بیٹھا تھا۔ جلد ہی اُس پر نیند کا غلبہ طاری ہوا اور وہ سو گیا۔ اُسی وقت اُس کا اُستاد کہیں باہر گیا ہوا تھا۔ جب وہ لوٹا تو سویان دروازے میں ہاتھ پاؤں پسارے سو رہا تھا۔ آہٹ پا کر اُس کی آنکھ کھل گئی اور اُس نے دیکھا کہ اُستاد دبے پاؤں اس احتیاط سے قدم رکھتا ہوا اندر داخل ہو رہا تھا۔ گویا سویان کی نیند میں خلل ڈالنا بڑی بے ادبی ہو۔ ساتھ ہی وہ زیرِ لب بڑبڑا بھی رہا تھا۔ ''مجھے معاف کرنا۔ مجھے معاف کردو۔''

سویان بہت شرمندہ ہوا اور اُس کے بعد وہ زندگی بھر دوپہر میں سونے سے احتراز برتتا رہا اور اُس کے شاگرد بھی سوائے گرمی کے حبس زدہ موسم کے کبھی دن میں نہیں سوتے تھے۔

■■

خدا کی چاہ

ایک زین مُنی ندی کے کنارے بیٹھا مراقبہ کر رہا تھا۔

ایک نوجوان اُس کے پاس آیا اور بولا،''گروجی! میں آپ کی شاگردی میں آنا چاہتا ہوں۔''

''کیوں؟'' زین منی نے پوچھا۔

نوجوان بولا،''میں خدا سے ملنا چاہتا ہوں۔''

زین منی اپنی جگہ سے اُچھل کر کھڑا ہو گیا اور نوجوان کی گردن پکڑ کر اُس کے سر کو پانی میں دو چار غوطہ دیے۔ نوجوان چھٹپٹاتا رہا۔ زین مُنی نے ایک منٹ بعد اُس کے سر کو پانی سے باہر نکالا، نوجوان ادھ موا ہو گیا تھا۔ اُس کی سانسیں تیز تیز چل رہی تھیں۔

زین مُنی نے پوچھا،''جب تیری گردن پانی میں تھی تجھ کو کس چیز کی چاہت تھی۔''

''ہوا کی۔'' نوجوان بولا۔

''اب گھر جا اور اُس وقت میرے پاس آنا جب تیرے اندر ہوا سے زیادہ خدا کی چاہت پیدا ہو۔''

■■

تمھارے ہاتھ میں ہے

نوجوان شاگرنے ایک پرندہ پکڑااوراُسے اپنے پیچھے چھپاکرزین گروسے پوچھا،''گروجی بتائیے، میرے ہاتھوں میں جو پرندہ ہے وہ زندہ ہے یا مُردہ۔'' شاگردسوچ رہاتھا اُستادکو آزمانے کا یہ ایک بہترین موقع ہے۔اگرگرونے مُردہ کہا تووہ پرندے کو چھوڑدے گااوراگر 'زندہ' کہا تووہ آسانی سے اُس کی گردن مروڑسکتاہے۔گرونے لمحہ بھرغورکیااوربولا۔

''جواب تمھارے ہاتھ میں ہے۔''

■■

سادھو اور طوائف

ایک مالدار بڑھیا نے از راہِ عقیدت ایک زین سادھو کو اپنے گھر کے سامنے ایک جھونپڑا بنا کر دیا تا کہ وہ آرام سے اپنی تپسّیا جاری رکھے۔ وہ سادھو بیس برس سے وہیں رہتا تھا۔ بڑھیا اُسے روزانہ کھانا بھی پہنچا دیتی تھی۔ ایک دن اُس نے سادھو کو آزمانے کی خاطر ایک طوائف سے مدد لی۔

اُس نے کہا،"سادھو کو گلے لگا اور پوچھ؟"

"اب کیا ہو؟"

بڑھیا کے کہنے کے مطابق طوائف سادھو کے پاس گئی اور اُسے گلے لگایا اور بولی۔

"اب کیا ہونا چاہیے۔"

سادھو نے جواب دیا۔"جاڑے میں ٹھنڈی چٹان پر کوئی پرانا پیڑ کھڑا ہے۔کہیں کوئی گرمی نہیں۔"

طوائف نے لوٹ کر بڑھیا کو ساری بات بتادی۔

بڑھیا بہت خفا ہوئی۔ اُس نے کہا،"ٹھیک ہے اُس نے تمھاری شہوانی دعوت قبول نہیں کی مگر انسانیت کے ناطے تم سے ہمدردی کا اظہار تو کرسکتا تھا۔"

وہ غصّے میں گئی سادھو کو باہر نکالا اور جھونپڑی کو آگ لگادی۔

■■

جس کے جو دھیان میں آئی

ایک رات بُدھ کے چیلے مودگلاین نے اُن سے پوچھا،"بھگوان، کیا ہم وہی سنتے ہیں جو آپ کہتے ہیں۔ کیونکہ مجھے کبھی کبھی شبہ ہوتا ہے جب میں دوسرں سے بات کرتا ہوں تو پتا چلتا ہے میں نے کچھ کہا اور اُنھوں نے کچھ اور سمجھا۔"

بُدھ نے کہا،"یہ فطری بات ہے بولنے والا ایک اور سننے والے ہزار ہوتے ہیں۔ اکثر لوگ صرف اپنے کانوں سے سنتے ہیں من سے نہیں اور اپنی اپنی فہم و استعداد کے مطابق اُس کا مطلب نکالتے ہیں۔ کل رات کی بات ہے۔" جب میں نے اپنا آخری بیان ختم کرنے کے بعد کہا۔

"ساتھیو! اُٹھو۔ اپنے معمولات سے فراغت پا کر سو جاؤ۔"

بھکشو تو سمجھ گئے کہ معمولات سے مراد سونے سے پہلے اپنی ضروریات سے فارغ ہونا اور دھیان تپسیا کرنا ہے۔ کل مجمع میں ایک چور اور ایک طوائف بھی تھی۔

چور نے سوچا،"کافی رات ہوگئی ہے۔ اب میں جاؤں کام دھندے کا وقت ہوگیا ہے۔ طوائف نے سوچا،"بہت دیر ہوگئی ہی پتا نہیں اب کوئی گاہک ملے گا بھی یا نہیں۔ میں نے ایک بات کہی سبھوں نے اپنے اپنے طور پر الگ الگ مطلب نکالا۔"

■■

جھیل بنو

ایک زین گرو کے پاس ایک شخص آیا اور اپنے دُکھڑے سنانے لگا۔ زین گرو تھوڑی دیر تک سنتا رہا پھر اُٹھا اور اُس شخص سے کہا۔ ''میرے ساتھ آؤ۔''

وہ شخص گرو کے پیچھے چلنے لگا۔ زین گرو نے راستے میں ایک پنساری کی دُکان سے مٹھی بھر نمک لیا اور ایک جھیل کے کنارے پہنچا۔ دُکھی شخص ساتھ تھا۔ گرو نے وہ نمک اُس شخص کے ہاتھ میں دیا اور کہا اُسے جھیل کے پانی میں پھینک دو۔ وہ شخص سمجھا۔ شاید یہ بھی کوئی ٹوٹکا ہے۔ اُس نے نمک پانی میں پھینک دیا۔ گرو نے کہا، ''جھیل کا پانی چکھو۔'' اُس شخص نے چلو میں پانی لے کر چکھا۔

گرو نے پوچھا، ''کیا پانی کھارا ہے۔''

شخص بولا، ''نہیں۔''

گرو نے پوچھا، ''پھر نمک کہاں گیا؟''

شخص بولا، ''پانی میں گھل گیا۔''

گرو نے کہا، ''تمھارے دکھ بھی اس مٹھی بھر نمک کی مانند ہیں۔ تم جھیل بن جاؤ۔ تمھارے دُکھ بھی نمک کی طرح گھل جائیں گے اور تمھیں پتا بھی نہیں چلے گا۔''

■■

صاف پانی

ایک دفعہ مہاتما بُدھ اپنے چیلوں کے ساتھ کہیں جا رہے تھے۔ راستے میں ایک چھوٹی سی ندی پڑتی تھی۔ بُدھ نے اپنے چیلوں کے ساتھ ندی پار کی۔ تبھی سامنے سے جنگلی جانوروں کا ایک غول آیا اور ندی پار کرنے لگا۔

بُدھ اپنے بھکشوؤں کے ساتھ آگے بڑھ گئے۔

تھوڑی دور جانے کے بعد بُدھ ایک درخت کے نیچے بیٹھ گئے۔ بھکشو بھی آرام کرنے لگے۔ بُدھ نے آنند سے کہا۔

''آنند مجھے پیاس لگی ہے...''

آنند بھانڈا لے کر ندی پر گیا۔ جانوروں کے غول کے گزرنے کی وجہ سے پانی گدلا ہو گیا تھا۔ آنند واپس آیا اور بولا۔

''تتھاگت، جانوروں نے پانی گدلا کر دیا ہے۔ آگے ایک ندی ہے اُس کا پانی ٹھنڈا اور صاف ہے۔''

بُدھ نے کہا، ''آنند مجھے اُسی پچھلی ندی کا پانی لا دو۔''

بادل ناخواستہ آنند واپس گیا اور ندی کے کنارے بیٹھ کر انتظار کرنے لگے کہ پانی کی دھول مٹی بیٹھ جائے تو وہ صاف جل لے کر جائے۔ تھوڑی دیر بعد گرد نیچے بیٹھ گئی اور آنند بھانڈا بھر کر بُدھ کے پاس آیا۔

بُدھ نے پوچھا، ''آنند پہلی بار تم نے جل کیوں نہیں لایا۔''

آنند بولا، ''پانی گدلا تھا۔ اس لیے نہیں لایا۔''

بُدھ نے پوچھا،''جل صاف کیسے ہوا؟''

آنند بولا،''دھول مٹی نیچے بیٹھ گئی اور پانی صاف ہوگیا۔''

بُدھ بولے،''یاد رکھو آنند، آدمی کا کرودھ بھی اُسی دھول مٹی کی مانند ہوتا ہے جو من کو گدلا کر دیتا ہے۔ اگر آدمی اپنے کرودھ پر تھوڑی دیر قابو پالے تو اس کا من صاف ہو جاتا ہے۔''

■■

آہٹ

رنجھائی نام کے ایک زین سادھو کو جب عرفان ہوا تو وہ اپنے گرو سے ملنے اُس کے جھونپڑے کی طرف گیا۔ وہ باہر سیڑھیاں چڑھ رہا تھا کہ گرو نے اندر حجرے سے چلا کر کہا۔

''رنجھائی آرہا ہے۔ اُسے عرفان ہو گیا ہے۔''

چیلے حیران رہ گئے۔ اُنھوں نے پوچھا'' آپ کو کیسے پتا۔ آپ نے تو ابھی اُسے دیکھا بھی نہیں۔''

گرو بولا'' جب اہنکاری چلتا ہے تو اُس کے قدموں کی دھمک الگ ہوتی ہے اور جب کوئی عارف چلتا ہے تو اُس کی چال میں ایک نرماہٹ آجاتی ہے۔ وہ سوچتا ہے میرے قدموں کی آہٹ سے بھی کسی کو تکلیف نہ ہو۔ وہ کسی سایے کی طرح بنا کسی آہٹ کے چلتا ہے۔''

■■

چیلا

ایک زین بھکشو کسی قابل گرو کی تلاش میں تھا جس کا وہ شاگرد بن سکے۔

ایک دن وہ جنگل سے گزر رہا تھا۔ اُسے وہاں ایک کٹیا نظر آئی۔ وہ اُس کٹیا میں چلا گیا، وہاں دیکھا کہ ایک سادھو آنکھیں بند کیے کسی مورت کی مانند کھڑا تپسیا میں مگن ہے۔ وہ اُس کی تپسیا کے ختم ہونے کا انتظار کرتا رہا۔ کئی گھنٹوں کے انتظار کے بعد سادھو نے آنکھیں کھولیں۔

بھکشو سوچ رہا تھا سادھو اُس سے کچھ پوچھے تو وہ اپنے بارے میں بتائے۔ مگر سادھو نے کچھ پوچھنا تو درکنار اُس کی طرف دیکھا تک نہیں اور اپنے روزمرّہ کے کاموں میں لگ گیا۔

ضروریات سے فارغ ہونے کے بعد سادھو دوبارہ اُسی طرح تپسیا میں مگن ہو گیا۔

بھکشو بھی اُس کی طرح تپسیا کرنے لگا۔

سادھو اپنے مقررہ وقت پر آنکھیں کھولتا۔ ضروریات سے فارغ ہوتا اور پھر اُسی طرح تپسیا میں مگن ہو جاتا۔

یہ سلسلہ ایک ہفتے تک چلتا رہا۔

سادھو نے بھکشو سے کچھ پوچھا نہ بھکشو نے اُسے کچھ بتایا۔ ایک ہفتے کے بعد اچانک سادھو بھشکو سے مخاطب ہوا۔

''تم کون ہو اور مجھ سے کیا چاہتے ہو؟''

بھکشو نے دونوں ہاتھ جوڑے اور بولا ''مہاراج! میں آپ کا چیلا بننا چاہتا ہوں۔''

سادھو مسکرایا اور بولا ''تم سے زیادہ بہتر چیلا کون ہو سکتا ہے؟''

اور سادھو نے بھکشو کو اپنا چیلا بنا لیا۔

■■

بھکتی

مہاتما بُدھ کے زمانے کی بات ہے۔

ایک بھکشو بھکشا پاتر (کشکول) لیے بھکشا مانگنے جا رہا تھا۔ اچانک ایک کوّے نے اُس کے بھکشا پاتر میں گوشت کا ایک ٹکڑا گرا دیا۔ بھکشو بُدھ کے پاس گیا اور وہ واقعہ سنانے کے بعد پوچھا۔ میں اس گوشت کے ٹکڑے کو کھاؤں یا نہیں؟''

بُدھ نے کہا،''تمھارے بھکشا پاتر میں جو چیز بھی ڈال دی جائے اُسے کھا لینا چاہیے۔ چاہے وہ ماس ہی کیوں نہ ہو، یہی بھکشو کا دھرم ہے۔''

پس نوشت:

خیال رہے بودھ دھرم میں کھانے پینے کی ایسی کوئی پابندی نہیں۔ جو جس کی غذا ہے وہ آرام سے کھا سکتا ہے۔

اس لیے چین اور جاپان میں بودھ بھکشوؤں کی مرغوب غذا گوشت ہے۔

■■

سائیکل

ایک زین گرو نے دیکھا کہ اُس کے پانچ چیلے اپنی سائیکلوں پر سوار بازار سے لوٹ رہے ہیں۔ پانچوں اُس کے قریب پہنچے اور اپنی اپنی سائیکل سے اُتر کر گرو کو پرنام کیا۔

گرو نے پوچھا،''آپ لوگ سائیکل کیوں چلاتے ہیں؟''

پہلے شاگرد نے جواب دیا،''میرے لیے یہ آلوؤں کا تھیلا اپنی پیٹھ پر لاد کر لانے کی بجائے سائیکل پر لادنا زیادہ آسان ہوتا ہے۔''

ٹیچر نے پسندیدگی کا اظہار کرتے ہوئے بولا،''تم ایک سمجھ دار لڑکے ہو۔ جب تم بوڑھے ہو جاؤ گے تو تمھاری کمر میری طرح خمیدہ نہیں ہوگی۔''

دوسرے شاگرد نے جواب دیا،''جب میں سائیکل کی سواری کرتا ہوں تو مجھے آس پاس کے درختوں اور سبزہ زاروں کا نظارہ کرنا اچھا لگتا ہے۔''

ٹیچر نے کہا،''تمھارا مشاہدہ تیز ہے۔ تم دنیا کو دیکھنے کے لیے اپنی آنکھیں کھلی رکھتے ہو۔''

تیسرے نے کہا،''مجھے سائیکل چلاتے ہوئے اپنی پسند کی کوئی دھن یا گیت گنگنانا اچھا لگتا ہے۔''

ٹیچر نے کہا،''تم آسانی سے نئی باتوں کو سوچنے کی استعداد رکھتے ہو۔''

چوتھے شاگرد نے کہا،''میں سائیکل چلاتے ہوئے محسوس کرتا ہوں میرا ہر شئے سے ایک خوشگوار رشتہ قائم ہوتا جا رہا ہے۔''

ٹیچر نے کہا،''بہت خوب۔ تم آگے چل کر ایک اچھے سماجی خدمت گار بنو گے۔''

پانچواں بولا،''میں سائیکل چلاتا ہوں یعنی سائیکل چلاتا ہوں۔''

ٹیچر نے آگے جھک کر اُس کے پاؤں چھوتے ہوئے کہا،''میں تمھیں اپنا گرو تسلیم کرتا ہوں۔''

■■

کو آن

درشن

ایک چیلے نے گرو سے پوچھا، ''بُدھ کون ہے؟''

گُرو نے چیلے پر نگاہ ڈالی۔منہ کھولا اور اپنی زبان نکال کر چیلے کو دکھادی۔

چیلے نے ادب سے ہاتھ باندھے اور کمر تک جھک گیا۔

گُرو نے پوچھا، ''تم جھکے کیوں؟''

چیلا بولا، ''آپ عظیم ہیں۔آپ نے اپنی زبان سے مجھے بُدھ کا درشن کرادیا۔''

گُرو نے کہا، ''میری زبان کی نوک پر ایک گھاؤ ہے۔''

■■

زین کیا ہے؟

ایک درسگاہ میں ایک زین سادھو کو مدعو کیا گیا۔ درس گاہ کے ناظمِ اعلیٰ خود بڑے عالم فاضل تھے۔ تاہم وہ خود چاہتے تھے کہ اُن کے شاگرد زین فلسفے سے متعارف ہوں۔ سادھو کی آمد پر تمام طلبہ اور اساتذہ سادھو کے گرد حلقہ بنا کے بیٹھ گئے۔ ناظمِ اعلیٰ نے سادھو سے درخواست کی،

''براہِ کرم آپ ہمیں بتائیں کہ زین کیا ہے؟''

زین سادھو نے جیب سے ایک کیلا نکالا۔ دھیرے دھیرے اُس کا چھلکا اُتارا پھر اُسے کھانے لگا۔ جب وہ کیلا کھا چکا تو چھلکا موڑ کر کچرے کے ڈبّے میں پھینک دیا۔ پھر بولا ''یہ ہے زین۔''

طلبہ اور اساتذہ ایک دوسرے کا منہ دیکھنے لگے۔ ایک اُستاد نے کہا ''میں پوری طرح متوجہ نہیں تھا۔ کیا آپ دوبارہ بتلانے کی زحمت کریں گے؟''

''کیوں نہیں!'' سادھو نے کہا۔ وہ اُس اُستاد کے پاس گیا۔ اپنا منہ پھاڑ کر دکھایا، پھر جیب سے ایک اور کیلا نکالا اُسے اُستاد کی آنکھوں کے سامنے لہرایا۔ کیلا چھیلا۔ اپنا چہرہ اُستاد کے چہرے کے قریب لے جا کر دوبارہ اپنا منہ پھاڑا۔ پھر کیلا منہ میں ڈال کر دانتوں سے کاٹا اور دھیرے دھیرے کھانے لگا۔

درس گاہ کے ناظم معنی خیز انداز میں مُسکرا رہے تھے۔ ایک دوسرا اُستاد کافی جھنجلا گیا، بولا:

''ٹھیک ہے۔ آپ نے یہ سب کر کے دکھایا لیکن بہت سے لوگوں کو اب بھی کچھ سمجھ میں نہیں آیا ہوگا۔ آپ ٹھیک سے سمجھا کیوں نہیں دیتے۔''

زین سادھو نے گہرا سانس لیا اور بولا:

''اگر آپ کو الفاظ کے بغیر کوئی بات سمجھ میں نہیں آتی تو پھر غور سے سنیے۔'' زین... مکھّی کے ساتھ عشق لڑاتا ہوا ایک ہاتھی ہے۔''

■■

بصیرت

ایک سادھو نے ایک بڑھیا سے ''طے جاں'' کا راستہ پوچھا۔ طے جاں ایک مندر ہے اور مشہور ہے کہ وہاں عبادت کرنے سے بصیرت ملتی ہے۔

بڑھیا نے کہا،''سیدھا آگے چلے جاؤ۔''

جب سادھو تھوڑی دور گیا تو بڑھیا نے خود سے کہا،''یہ بھی ایک عام مندر ہی کو جانے والا ہے۔''

کسی نے جوشو کو یہ بات بتادی۔

جوشو نے کہا،''رکو، جب تک میں جانچ پڑتال نہ کرلوں''

دوسرے دن جوشو گیا، اُس نے بڑھیا سے وہی سوال پوچھا اور بڑھیا نے وہی جواب دیا، جوشو نے کہا،''میں نے اُس بڑھیا کی جانچ کرلی۔''

''اصل میں بڑھیا نے کسی سے جو کچھ سنا اُسی کو دوہرا رہی ہے۔ رٹے ہوئے الفاظ میں بصیرت نہیں ہوتی ہے۔''

■■

مشاہدہ

ہوگین کے ایک جدید بزرگ سادھورات کے کھانے سے پہلے درس دینے ہی والے تھے کہ اُن کی نظر اُس جالی پر پڑی جو دھیان کے لیے لٹکائی گئی تھی، وہ ابھی تک سمیٹی نہیں گئی تھی۔ اُنھوں نے اُس کی طرف اشارہ کیا۔فوراً دو چیلے اُٹھے اور جالی سمیٹنے لگے۔ہوگین دونوں کو غور سے دیکھ رہے تھے۔

ہوگین نے کہا،"پہلے سادھو کی حالت تو اچھی ہے مگر دوسرے کی نہیں۔"

پس نوشت:

اس زین کہانی کا رمزیہ ہے کہ جو بھی کام کرو دل لگا کر کرو۔

بے دلی سے جو کام کروگے اُس سے کوئی فائدہ نہیں۔

ہوگین نے اپنے تیز مشاہدے سے اندازہ لگایا کہ پہلا تو پوری دلجمعی سے کام کر رہا ہے مگر دوسرا بے دلی سے کر رہا ہے۔

■■

ادھوری نظم

زین آشرم کا گرو اپنے شاگردوں کو موت کے بارے میں بتا رہا تھا... اُس نے ایک ایسے بڑے زین مُنی کا قصّہ چھیڑا جس نے اپنی موت کی پیشن گوئی کی اور پیشن گوئی کے مطابق اُس کی موت واقع ہوئی۔ یہ سُن کر ایک شاگرد نے پوچھا۔

''کیا واقعی ایسا ہے کہ جو عارف ہوئے ہیں اُنھیں اپنی موت کا عرفان ہو جاتا ہے۔''

گرو نے کہا،''ہاں... اگر وہ چاہیں تو۔''

''کیا آپ کو اپنی موت کے دن کا علم ہے۔''ایک منہ لگے شاگرد نے پوچھا۔

''ہاں... آج سے سات دن بعد۔''

گرو نے یہ بات اتنی سہجتا سے کہی کہ کسی کو بھی اُس کی بات پر اعتبار نہیں آیا۔ اسی لیے کسی نے اُس بات پر سنجیدگی سے غور بھی نہیں کیا۔

سات دن بیت گئے۔

گرو نے تمام شاگردوں کو اپنے حُجرے میں طلب کیا اور بولا''سات دن پہلے میں نے کہا تھا کہ آج کے دن میری روح قفسِ عنصری سے پرواز کر جائے گی۔ میں شاعر نہیں ہوں لیکن میں نے ایک نظم میں اپنی آخر بات کہہ دی ہے۔''

اب بھی شاگرد سمجھ رہے تھے کہ گرو مذاق کر رہے ہیں یا کوئی نئی بات سکھانے کا یہ بھی کوئی طریقہ ہو سکتا ہے۔ ایک شاگرد نے کاغذ قلم سنبھال لیا۔ گرو نے کہا۔

''روشنی سے آیا ہوں

روشنی میں لوٹوں گا

کیسا ماجرا ہے یہ؟

گرو چپ ہوگیا۔ شاگرد نے کہا، ”لیکن یہ نظم تو ادھوری ہے۔ آخری مصرعہ باقی ہے۔

گرو نے ایک فلک شگاف قہقہہ لگایا اور دم توڑ دیا۔

■■

دھرم کا راز

سیھے ای کے شاگرد سوئی بی نے ایک دن اپنے گرو سے پوچھا،''گرو دیو، دھرم کا بنیادی راز کیا ہے؟''

گرو نے کہا،''انتظار کرو۔ جب ہم دونوں کے علاوہ یہاں کوئی نہ ہوگا تب تمھیں بتاؤں گا۔''

اُس دن کئی بار ایسے مواقع آئے جب اُستاد اور شاگرد کے علاوہ کوئی نہیں تھا۔ سوئی بی جب بھی اپنا سوال دہراتا اُستاد ہونٹوں پر اُنگلی رکھ کر اُسے خاموش رہنے کا اشارہ کر دیتے۔

آخر دن تمام ہوا اور شام ہوگئی۔ گرو کا جھونپڑا بالکل خالی ہوگیا۔

شاگرد نے پھر پوچھنا چاہا مگر جواب میں پھر وہی ہونٹوں پر اُنگلی۔

پھر رات آئی اور آسمان پر پورنیما کا چاند چمکنے لگا۔

سوئی بی نے کہا،''گرو دیو، رات ہوگئی، آخر میں کب تک انتظار کروں؟''

تب سیھے ای اُسے لے کر جھونپڑے کے باہر آگئے اور سرگوشی کے سے انداز میں کہا۔

''غور سے دیکھو۔ بانس کے یہ پیڑ یہاں لمبے اور وہاں چھوٹے ہیں۔ اُنھیں جوں کا توں قبول کرنا عین فطرت ہے اور فطرت ہی دھرم کا بنیادی رمز ہے۔ دھرم 'لفظ' میں پوشیدہ ہے۔ مگر خاموشی اُس کا اظہار ہے اور اظہار 'شونیتا' کے سوا کچھ نہیں۔

■■

بوتل کی مچھلی

ایک بار ریکو نے اپنے گرو نان سین سے کہا، ''ایک پہیلی سمجھ میں نہیں آ رہی ہے، براہِ کرم سمجھائیے۔''

''اگر کوئی آدمی بوتل میں مچھلی کا ایک بچہ رکھ دے اور بوتل کے منہ کے ذریعے اُسے خوراک دیتا رہے تو مچھلی بڑھتے بڑھتے اتنی بڑی ہو جائے گی کہ بوتل میں اُس کے بڑھنے کی کوئی گنجائش باقی نہ ہوگی۔ اُس حالت میں وہ آدمی مچھلی کو کس طرح باہر نکالے کہ مچھلی بھی نہ مرے اور بوتل بھی نہ ٹوٹے۔''

نان سین اچانک چلایا، ''ریکو!'' اور دونوں ہاتھوں سے زور سے تالی بجائی۔

ریکو نے چونک کر کہا، ''جی...''

''دیکھو۔'' نان سین نے کہا، ''مچھلی باہر نکل گئی۔''

■■

بُدھ کا نام

جوشو نے ایک بار اپنے شاگردوں کو آگاہ کیا۔

''جہاں عارف بُدھ ہوں، وہاں زیادہ دیر مت رُکنا اور جہاں بُدھ عارف نہ ہوں وہاں سے ترنت کھسک جانا اور اگر بُدھ کا نام لینا تو بعد میں ٹھیک سے منہ دھولیا کرنا۔''

اور یہی جوشو اکثر شام کے وقت بُدھ کی مورتی کے سامنے پھول چڑھاتا، اگر بتی جلاتا اور ماتھا بھی ٹیکتا تھا۔

■■

نروان کی راہ

ایک چیلے نے زین گرو کیمبو سے پوچھا۔

''کیا سبھی بُدھ عارف ہر زمانے میں موکش کے ایک ہی راستے پر آگے بڑھتے ہیں؟''

کیمبو نے پنی چھڑی اُٹھا کر ہوا میں ایک دائرہ بناتے ہوئے کہا۔

''یہ ہے وہ راستہ جو یہیں سے شروع ہوتا ہے۔''

وہ چیلا زین گرو اومان کے پاس گیا اور اُن سے بھی وہی سوال پوچھا۔

دوپہر کا وقت تھا اور اومان کے ہاتھ میں پنکھا تھا، اُس نے چاروں طرف پنکھا ہلاتے ہوئے کہا،''وہ راستہ کہاں نہیں ہے؟ اُس کی شروعات تو کہیں سے بھی ہو سکتی ہے۔''

اور جب کسی نے زین گرو ممون سے اس واقعہ کا رمز پوچھا تب ممون بولا۔

''اس سے پہلے کہ پہلا قدم اُٹھے، منزل آجاتی ہے اور اس سے پہلے کہ زبان سے کچھ ادا ہو بات پوری ہو جاتی ہے۔''

■■

خاموشی کا مندر

ایک زین گرو تھے، سوئی چی۔ اُنھیں تو فو کو کے مندر کا صدر بنایا گیا لیکن جب سے وہ صدر بنے تو فو کو مندر میں سنّاٹا چھا گیا۔

نہ کسی کے منتر پڑھنے کی صدا، نہ کسی گھنٹے کی گونج نہ کسی کے ہنسنے بولنے کی آواز۔ سوئی چی نے اپنے شاگردوں کو ہدایت دی کہ سوائے خاموشی کے ساتھ دھیان کرنے کے اور کچھ نہیں کرنا۔

برسوں تک تو فو کو کا مندر اسی طرح خاموشی اور سنّاٹے میں ڈوبا رہا۔ لوگ بھول ہی گئے کہ پڑوس میں کوئی مندر بھی ہے۔ حالانکہ وہاں سیکڑوں سنیاسی تھے۔ جہاں عرفان ذات کے دیے جلتے تھے اور سمادھی کے پھول کھلتے تھے۔

پھر اچانک ایک دن لوگوں نے سُنا کہ مندر کے گھنٹے بج رہے ہیں اور شاستروں کے سوتر پڑھے جا رہے ہیں۔ لوگ مندر کی طرف بھاگے۔

معلوم ہوا کہ سوئی چی کا انتقال ہوگیا ہے اور اُس کی میّت پر ہی سوتر پڑھے جا رہے ہیں اور گھنٹے بج رہے ہیں۔

■■

ایک پہیلی

ہوجین نام کے ایک زین سادھو سے ایک شاگرد نے پوچھا،''دھیان یا تپسّیا کی تعریف کیا ہے؟''

ہوچین نے کہا،''دھیان اُس آدمی کی طرح ہے جو ایک اونچی چٹان کے کنارے کھڑے درخت کی ایک شاخ کو دانتوں سے پکڑ کر لٹک رہا ہے، نہ اُس کے ہاتھ کسی ڈال کو تھام سکتے ہیں اور نہ اُس کے پیر ہی کہیں ٹک سکتے ہیں۔''

تبھی چٹان کے کنارے کھڑا ایک شخص اُس سے پوچھتا ہے،''بودھی دھرم بھارت سے چین کیوں آئے؟''

اگر وہ جواب نہیں دیتا تو سوال پوچھنے والا بڑا مایوس ہوگا اور اگر جواب دیتا ہے تو کھائی میں گر جائے گا۔

پس نوشت: ہوجین اس کہانی کے ذریعے یہ بتانا چاہتے ہیں کہ دھیان کی سادھنا کٹھن ہے لیکن ناممکن نہیں۔ دھیان ہر ایک کا اپنا ذاتی تجربہ ہے جسے الفاظ میں بیان نہیں کیا جاسکتا۔

پس نوشت:

بودھی دھرم ایک بُدھ منی تھا۔ لیکن بُدھ کے گیان سے اُس کی تسلّی نہیں ہوئی۔ اُسی زمانے میں چین میں لاوتسے نام کا ایک عارف گزرا ہے جو لفظوں کی بجائے خاموشی پر یقین رکھتا تھا۔

بودھی دھرم لاوتسے کی تعلیمات سے استفادہ کرنا چاہتے تھے ۔ کہتے ہیں بُدھ کی تعلیمات اور لاوتسے کی تعلیمات مل کر ہی زین کی روایت قائم ہوئی۔

محولہ بالا کہانی یا پہیلی اکثر زین گرو اپنے شاگردوں کو حل کرنے دیتے تھے۔

بوکو جو نام کے ایک زین گرو نے اپنے ایک ذہین شاگرد کو یہ پہیلی دی۔ اُس نے ہر طرح سے کوشش کرلی۔ وہ روز ایک نیا جواب لے کر بوکو جو کے پاس آتا مگر بوکو جو اُس کے ہر جواب کو رد کر دیتا۔ بعد میں یوں ہوا کہ اُس نے بوکو جو کے پاس جانا ہی ترک کر دیا۔ بوکو جو اُسے ڈھونڈتا ہوا جنگل میں گیا تو دیکھا کہ وہ ایک درخت کے نیچے دھیان مگن بیٹھا ہے۔ بوکو جو نے اُس کا کاندھا ہلایا۔ اُس نے آنکھیں کھولیں مگر اُس کی آنکھوں میں کوئی شناسائی نہیں تھی۔ وہ بالکل خالی الذہن ہو گیا تھا۔ وہ ایسے بیٹھا رہا جیسے کچھ بھی نہ ہوا ہو۔ یہاں تک کہ اُس کے سامنے اُس کا گرو کھڑا تھا اس کا بھی اُسے کوئی ہوش نہیں تھا۔ وہ خالی نظروں سے خلا میں گھورتا رہا۔ بوکو جو نے جھک کر اُس کے چرن چھُوئے اور واپس چلا گیا۔ شاگرد کو اپنے سوال کا جواب مل گیا تھا۔

سچائی کو بیان نہیں کیا جاسکتا۔

دھیان اور محبت کو بتایا نہیں جاسکتا۔ جیا جاسکتا ہے، کیا جاسکتا ہے۔ کرنا ہی بتانے کا واحد راستہ ہے۔ عمل ہی حقیقت کو پانا ہے۔

■■